AF312186

SAÏKAKOU EBARA

CONTES D'AMOUR
DES SAMOURAÏS

XIIe siècle japonais

Traduit du texte original

PAR

KEN SATO

STENDHAL ET COMPAGNIE

MCMXXVII

CONTES D'AMOUR
DES SAMOURAÏS

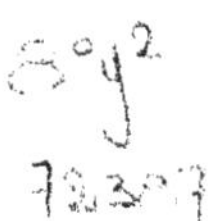

SAÏKAKOU EBARA

Contes d'Amour des Samouraïs

XIIᵉ siècle japonais

Traduit du texte original

PAR

KEN SATO

STENDHAL ET COMPAGNIE

MXMXXVII

NOTICE DU TRADUCTEUR

Saikakou Ebara naquit en 1641 et mourut en 1693. Dans sa jeunesse ses écrits n'obtinrent pas de succès, mais à quarante ans il écrivait *La vie amoureuse de Yonosouké* qui fit sa gloire. Il jouit dès lors d'une grande renommée. Il composa à l'histoire de Yonosouké deux suites qui pourtant ne sont pas à la hauteur du premier récit. Ses œuvres principales sont *La vie amoureuse d'une femme, l'Eternel Comptoir du Japon,* les *Cinq femmes amoureuses* et les *Histoires glorieuses de pédérastie* (qui ont fourni la plupart des contes de ce volume). Il écrivit bien d'autres histoires encore pendant sa courte vie ; il semble avoir écrit avec une grande rapidité et facilité ; voici ce que dit une anecdote naturellement exagérée : Il aurait composé en un seul jour 20.000 poèmes de 16 syllabes sur la châsse du dieu Sumiyoshi. Saikakou semble avoir été le premier écrivain japonais qui ait pris la peine de décrire la vie des gardes, des paysans et des marchands. Dans *l'Eternel comptoir du Japon,* il dépeint la vie des marchands d'Osaka, le principal centre commercial du Japon ; c'est avec une telle franchise et liberté qu'il y raconte des scènes d'amour que plusieurs passages et phrases ont dû être retranchés des éditions modernes.

Dans les histoires que je donne ici, il n'y a pas une seule phrase indécente ou obscène. La pédérastie peut sembler répugnante à l'Européen « moyen ». Mais ces contes ne sont qu'une peinture exacte de l'esprit samouraï (le chevalier japonais féodal au temps de l'écrivain). Il ne faut pas juger la pédérastie de notre point de vue actuel. On l'encourage plutôt parmi les jeunes Samouraïs à l'époque de Saïkakou. Un amour avec une femme passait, selon l'opinion d'un Samouraï, pour rendre un homme lâche, faible et efféminé. Les Samouraïs considéraient plutôt comme honorable d'avoir comme amant un jeune garçon. Cet esprit est très parent de l'esprit de fraternité chevaleresque européen. Lorsque le jeune garçon devenait homme, coupait sa boucle de front et portait des vêtements à manches courtes, les rapports cessaient, mais les amants pédérastes devenaient amis intimes, sa sacrifiaient mutuellement leurs intérêts et s'entr'aidaient tout le long de leur vie. Parfois même, ainsi qu'il arrive dans les contes de ce volume, ils mouraient pour sauver leur amant.

Beaucoup de seigneurs et de princes avaient auprès d'eux de jeunes pages, qu'ils avaient sélectionnés parmi les fils de leurs courtisanes. Ces pages n'avaient pas le droit d'aimer d'autres hommes quand ils étaient aimés de leurs maîtres. Cette coutume formait une loi orale.

Autrefois, parmi les prêtres bouddhiques, une seule secte avait le droit d'épouser publiquement une femme ; les prêtres étaient donc obligés d'avoir recours à la pédérastie pour satisfaire leurs passions. Les prêtres supérieurs, abbés, cardinaux, évêques ou les dignitaires suprêmes (correspondant au pape), avaient de jolis pages comme amants. Ces jeunes garçons devenaient prêtres plus tard.

De plus, une classe d'acteurs était obligée de remplir les rôles de femmes. Ils étaient beaux, vendaient leurs corps à des hommes et des femmes, fréquentaient les sociétés gaies, les maisons de thé. Ils ressemblaient assez à certains jeunes gens actuels en Europe ou en Amérique. Mais quelquefois, il y avait, même parmi ces gens méprisables, de réels et beaux amours. J'ai donné dans ce volume une histoire se rapportant à un acteur. Quand ces acteurs excellaient dans leurs rôles, ils continuaient à jouer des rôles de femmes, même après quarante ans.

La coutume voulait qu'un adolescent, devenant homme, coupât sa boucle de front et portât des vêtements à manches courtes. Souvent même il changeait de nom. Devenir un homme se disait « genbuku » du temps des chevaliers et mourir de suicide « Hara-kiri ». La mort par « Hara-kiri » était très fréquente parmi les Samouraïs, lorsque le chevalier avait flétri son honneur par sa propre inconduite, ou ne pouvait honorablement continuer à vivre, ou qu'il voulait suivre son amant dans la mort.

Le style de SAIKAKOU est très difficile à rendre dans une langue étrangère, certains passages de ses œuvres sont presque incompréhensibles, même à des Japonais. Il faisait usage de la technique de 16 syllabes, coupant ou omettant souvent les propositions, sujets, attributs, ne les indiquant que par allusions ou les suggérant seulement. Plusieurs passages de ses œuvres sont sujets à controverses. Souvent il faisait des jeux de mots en employant des homonymes. Il est absolument impossible de rendre ces traits, en une langue moderne étrangère, la langue japonaise étant absolument différente des langues européennes. C'est pourquoi j'ai souvent dû ajouter des phrases explicatives, afin de faciliter la compréhension de l'histoire.

J'ai tenté de mon mieux de rester fidèle à l'histoire originale. Quelquefois j'ai supprimé quelques paragraphes ou phrases inutiles. Mais par ailleurs ces contes sont une traduction presque littérale.

Ce volume contient surtout des histoires tirées des *Histoires glorieuses de pédérastie*, quelques-unes tirées des *Histoires de l'esprit samouraï*, des *Histoires des devoirs du samouraï* et un conte des *Histoire en lettres*.

Tant par leur technique que par leur esprit, ces contes diffèrent absolument des écrits japonais modernes, et sont d'un très grand intérêt pour l'étude des phénomènes sociaux du Japon féodal.

KEN SATO

PRÉFACE ⁽¹⁾

Le Nihongue, l'histoire mythologique du Japon, dit, un jour que je la lisais : « Au commencement de ce monde, existait quelque chose dont la forme ressemblait à un roseau. Ce quelque chose devint plus tard un dieu. Le nom de ce dieu était : Kounitokotatjino-Michoto (le seigneur auguste du pays éternel). Après ce dieu, pendant trois générations, il n'y eut que des dieux mâles. » Et je suis sûr que voilà l'origine de la pédérastie au Japon. A partir de la quatrième génération, les dieux mâles et femelles commencèrent à s'unir entre eux tout à fait déraisonnablement. Puis naquirent deux dieux et deux déesses.

De nos jours, nos yeux sont souillés par ces femmes à cheveux tombants selon la mode ancienne, ou par ces nageshimada archi-modernes (coiffure de l'époque), graissées à l'huile de fleur de pruniers, par leurs hanches molles et flexibles et leurs jupons écarlates. Ces beautés féminines ne servent qu'au plaisir des vieillards, dans les pays où il n'y a pas un seul bel adolescent. Un homme jeune, sain, de sang chaud, n'a cure de ces méprisables beautés féminines. Si un homme s'intéresse aux femmes, il ne peut connaître les joies bénies de la pédérastie.

(1) *Préface humoristique de* Saikakou, *à ses* Histoires glorieuses de pédérastie, *publiées en* 1687.

I

L'AMOUR PROMIS AU MORT

En ce temps-là, le souverain du Japon, le Shyô-gun (1) Yoshimaseï était très amoureux des arts et des plaisirs raffinés. Il affectionnait tout particulièrement les encens. Il avait fait une collection des différents encens d'arbres de toutes les provinces du Japon. Son odorat s'était tellement affiné qu'il pouvait nuancer les plus suaves parfums.

Par une froide soirée d'automne, il causait, avec ses amis, de ses encens bien-aimés. La nuit s'avançait. Soudain une brise légère entra dans la chambre, apportant une odeur suave et délicieuse ; jamais ni lui ni ses amis n'avaient connu aussi suave parfum. Il ordonna à quelqu'un de sa suite de chercher, dans le palais, d'où pouvait s'exhaler ce parfum. Mais on ne trouva pas le parfum dans le palais. Alors il envoya son favori Toshikiyo Tambanokami chercher où brûlait cet encens. Toshikiyo et ses deux serviteurs partirent aussitôt.

L'odeur était très faible, mais lorsqu'ils traversèrent la prairie au bord de la rivière Kamo, elle

(1) Shyogun est le titre de tout seigneur gouvernant le Japon à la place de l'Empereur.

devint plus pénétrante. Elle venait de l'autre bord de la rivière. Alors Toshikiyo passa la rivière à gué.

C'était le soir du six novembre. Il faisait sombre, car il n'y avait pas de lune au ciel. Ils passèrent la rivière à la pâle lueur des étoiles hautes dans le ciel. Sur l'autre bord, ils trouvèrent un homme tranquillement assis sur un rocher. Cet homme s'enveloppait d'un vieux manteau de paille et portait un chapeau de jonc. Il tenait dans ses manches un brûle-parfums. Il avait l'air pacifique et serein.

Toshikiyo lui demanda : « Cher étranger, pourquoi es-tu seul à un tel endroit et si tard dans la nuit ? » Et, tandis qu'il parlait, Toshikiyo sentit le parfum qu'il cherchait s'exhaler du brûle-parfums de l'étranger.

Celui-ci répondit tranquillement : « Je regarde simplement voler les pluviers chantants de la rivière Kamo. »

Cette réponse impressionna Toshikiyo. Pour écouter les pluviers de la rivière par une soirée si froide et si noire, l'homme devait avoir une culture bien raffinée, il ne pouvait être de la basse classe. Il lui dit donc avec plus de politesse : « Excuse ma curiosité, mais je viens sur l'ordre de mon maître le Shyogun Yoshimasa, à la recherche de l'homme qui répand ce soir un parfum aussi suave. Qui es-tu, étranger ?... »

L'homme répondit : « Je ne suis pas un prêtre qui a renoncé à toutes les choses humaines pour l'amour de Bouddha. Et je ne suis pas non plus un homme ordinaire. Voici, je suis un voyageur, sans lieu où reposer ma tête. J'ai plus de soixante-six ans, mais mes pieds sont encore solides et je peux marcher librement. »

Et il se leva et se dirigea vers les pins au bord de l'eau.

La réponse était simple, mais pleine de mystère quant à la personne de cet homme. Toshikiyo était encore plus surpris. Il retint l'étranger et lui demanda : « Je t'en prie, dis-moi le nom de l'encens que tu brûles, mon Maître Yoshimasa voudrait le connaître. »

L'homme répondit : « Tiens-tu donc tant à savoir cette bagatelle ?... Si ton maître est si amoureux d'encens, porte-lui celui-ci, bien qu'il n'y en ait plus beaucoup. » Il lui donna l'encens et le brûle-parfums, et s'éloigna rapidement.

Toshikiyo s'en retourna auprès de Yoshimasa avec l'encens et le brûle-parfums. Il donna à son maître tous les détails sur cet étrange vieillard. Le Shogun s'intéressa vivement au raffinement de cet étranger et le fit chercher dans tout Kyoto. Mais il ne fut trouvé aucune trace de cet homme. Le Shyogun s'en attrista beaucoup et conserva précieusement le cadeau. Il nomma l'encens « le pluvier ». Et l'étrange histoire se répandit bientôt parmi ses suivants.

L'un des pages de Yoshimasa, fils d'un samouraï

d'une province de l'Est, avait un si beau visage, que
même les fleurs de Kyoto pâlissaient devant lui. Il
était l'un des pages favoris du Shyogun. Lorsqu'il
aperçut le brûle-parfums, il changea subitement de
visage et fut saisi d'une grande détresse. Son nom
était Gorokitji Sakurai. Son ami intime lui demanda
pourquoi la vue du brûle-parfums l'avait ainsi ému.
Mais Gorokitji refusa de livrer son cœur. Or, cet ami
était son amant bien-aimé.

Finalement Gorokitji tomba malade de sa détresse.
Et sur son lit de malade il s'ouvrit enfin à son ami,
dont le nom était Mouranosouké Higutji. La voix
de Gorokitji était faible et tremblait en racontant sa
vie passée et ce qui se rapportait au brûle-parfums :

« Le propriétaire de cet encens était mon amant.
Nous nous aimions d'un amour inaltérable. Mais mon
amant pensa que notre amour pourrait être nuisible
à ma carrière. C'est pourquoi il me laissa dans cette
contrée de l'Est et se rendit à Kyoto. Mais je ne pouvais l'oublier. Je le suivis ici comme page de notre
maître Yoshimasa, espérant et attendant le bonheur
providentiel de le rencontrer une fois encore dans ma
vie. Mais la chance ne m'aida pas. J'ai seulement
rencontré le brûle-parfums, et non celui à qui il appar-
tenait, celui que j'aime. Et Gorokitji pleura des
larmes amères. Mouranosouké était très triste. Il crai-
gnait de perdre son meilleur ami et son amant, si

Gorokitji mourait. Et Gorokitji devenait de plus en
plus faible, il n'y avait plus d'espoir qu'il vécût. Alors
il appela Mouranosouké à son chevet et dit : « Cher
Mouranosouké, cherche ce vieillard après ma mort
et aime-le à ma place. C'est parce que tu as été mon
meilleur ami que je te demande cette faveur déplai-
sante et indélicate. Je t'en supplie, accomplis ma dernière volonté, pour l'amour de mon âme qui va te
quitter. Si tu lui refuses cette faveur elle ne pourra
monter au ciel. »

Cette prière était vraiment déraisonnable, mais
Gorokitji et Mouranosouké étaient amis et amants,
et devaient sacrifier leur vie l'un à l'autre. C'est pourquoi Mouranosouké promit et Gorokitji put mourir
en souriant. Gorokitji fut pleuré et regretté de tous
ses amis ; quelques-uns même ne purent s'empêcher
de sangloter en voyant son beau visage mort. Son
corps fut brûlé sur la colline Toribé. Ses os seuls restèrent comme trace de son existence terrestre.

Après de longues et pénibles recherches Mouranosouké découvrit enfin le vieillard. La maison qu'il
habitait était une cabane au toit endommagé, et dont
les deux portes fermaient à peine. Elle était entourée
d'une haie basse et toujours verte.

Un soir de pluie Mouranosouké rendit visite au
vieillard. C'était un jour triste et désolé, l'homme
pensait toujours à Gorokitji, son amour pour le jeune

homme était si profond qu'il ne pouvait l'oublier.

Mouranosouké lui raconta la mort de son ami. Le vieillard fut pris d'un grand désespoir. Il répéta en sanglotant : « J'aimerais que cette nouvelle soit fausse plusieurs fois. »

Lorsqu'il se fut un peu calmé, Mouranosouké le regarda pour lui dire la promesse faite au mourant. Le visage du vieillard était décomposé et dévasté. Il avait plus de soixante ans. Il répugnait à Mouranosouké d'aimer cet homme. Mais il avait juré, au lit de mort de Gorokitji, de l'aimer à la place de son ami. Il devait remplir sa promesse, il était lié par son honneur de Samouraï. Il dit donc au vieillard :

« Cher étranger, notre ami Gorokitji me pria en mourant de te retrouver et de t'aimer à sa place. Aime-moi donc à la place de mon ami Gorokitji, soyons amants. »

Le vieillard fut très surpris de cette soudaine proposition. Il leva son visage baigné de larmes et répondit :

« Ta proposition est tout à fait inattendue. J'aime mon pauvre Gorokitji. Je ne peux pas accepter ton amour. Et je suis trop vieux pour être ton amant. Ton attachement pour Gorokitji me touche, mais excuse-moi de ne pas accepter ton offre. »

Et il refusa longtemps ; alors Mouranosouké, désespéré, lui dit :

« Je dois accomplir la promesse que j'ai faite à mon ami mort. Si tu refuses de remplir son dernier désir, je n'ai qu'un moyen de sauver mon honneur de Samouraï. C'est de me tuer par Hara-kiri, car je ne suis pas si lâche que de survivre au manquement à ma promesse. »

Alors le vieillard consentit à regret à accepter l'amour de Mouranosouké ; mais il était touché de sa fidélité, et il ne pouvait refuser d'accomplir le dernier désir de son bien-aimé Gorokitji. Ainsi ils promirent de s'aimer d'amour et d'amitié fidèle toute leur vie. Mouranosouké vint rendre visite au vieillard tous les soirs. Lorsque l'histoire fut connue, tout le monde approuva la conduite de Mouranosouké et son amour fidèle pour le vieillard. Il ne l'aimait point, mais il le garda comme amant, seulement pour remplir la promesse faite à son bien-aimé Gorokitji.

II

TOUS LES AMANTS PÉDÉRASTES MEURENT PAR HARA-KIRI

Les plus belles plantes et les plus beaux arbres subissent la mort à cause de leurs fleurs merveilleuses. Il en est de même de la vie humaine, beaucoup d'hommes périssent parce qu'ils sont trop beaux.

Il était un page, nommé Ukyo-Itami, qui servait un seigneur à Yedo. Il était très cultivé, raffiné, extrêmement beau. Il troublait ceux qui le regardaient. Son maître avait un autre page, Unémé Mokawa, âgé de dix-huit ans. Lui aussi était de grande beauté, et de visage gracieux. Ukyo s'éprit de lui au point d'en perdre le sens, tant cette virile beauté l'avait touché. Son amour le fit tant souffrir qu'il en tomba malade et dut s'aliter. Il soupirait et se lamentait dans la solitude de son amour inexaucé. Il était très aimé, beaucoup de personnes eurent pitié de lui et vinrent le voir dans sa maladie pour le soigner et le consoler.

Un jour les pages, ses compagnons, vinrent lui rendre visite. Parmi eux se trouvait le bien-aimé Unémé. En l'apercevant, Ukyo trahit par son expression les sentiments qu'il lui portait. Les pages devinèrent alors le secret de sa maladie. Samanosouké Shiga, un autre page, était là aussi ; il était l'amant d'Unémé. En voyant la pauvre souffrance d'Ukyo, Samanosouké fut ému. Il resta auprès du malade lorsque les autres se furent retirés. S'agenouillant auprès de lui, il lui murmura : « Je suis sûr, cher Ukyo, que tu as un chagrin dans ton âme. Ouvre-moi ton cœur, je suis ton ami et je t'aime beaucoup. Ne garde pas de secret pour moi : tu te tortures seulement à le garder. Si tu aimes quelqu'un des pages qui étaient ici à l'instant, dis-le moi. Sois franc. Je ferai de mon mieux pour t'aider, Ukyo. »

Mais le timide Ukyo ne put lui ouvrir son cœur malade. Il dit seulement : « Mon Samanosouké, tu te trompes. Tu te méprends sur moi », et comme Samanosouké insistait, il prétendit dormir. Samanosouké s'en alla.

Les gens engagèrent deux grands prêtres à prier pour la guérison de Ukyo. Quand les prêtres eurent prié deux jours et deux nuits sans arrêt, Ukyo parut aller mieux.

Alors Samanosouké se rendit de nouveau secrètement auprès d'Ukyo et lui dit : « Cher ami, écris-lui une lettre d'amour. Je la lui donnerai sans faute. Et il te répondra directement avec bonté. Je sais qui tu aimes si désespérément ; n'aie pas d'égards pour moi dans ton amour. Lui et moi sommes amants, mais je suis tout prêt à satisfaire ton désir à cause de notre longue et sincère amitié, Ukyo. »

Alors Ukyo reprit courage et écrivit la lettre, les mains tremblantes, et la confia à Samanosouké.

Comme Samanosouké arrivait au palais, il rencontra Unémé qui regardait silencieusement les fleurs du jardin. Unémé l'aperçut et lui dit : « Cher ami, tous ces soirs j'étais très occupé à distraire mon seigneur avec les Nô (1), et ce soir je suis sorti quelques minutes seulement pour prendre un peu d'air. J'ai lu à mon maître l'ancien poème classique « Seuin Kokin » et j'étais seul sans ami, sauf les silencieuses fleurs de cerisiers. Je suis bien solitaire. » Et il regarda tendrement Samanosouké.

« Voici une autre fleur silencieuse, Unémé », dit Samanosouké, et il lui tendit la lettre.

Unémé lui sourit et dit : « Cette lettre ne doit pas être pour moi, cher ami », et il alla la lire derrière de gros arbres. Il fut touché de la lettre et répondit gentiment à Samanosouké : « Je ne peux rester insensible s'il souffre tant pour moi. »

Quand Ukyo reçut la réponse d'Unémé, il fut plein de joie et se remit bientôt. Il retrouva la santé. Et les trois jeunes gens s'aimèrent entre eux d'un amour fidèle et harmonieux.

(1) Nô : sorte de drame.

Mais il arriva que leur maître engagea un nouveau courtisan, nommé Shyouzen Hosono. Il était rude, mauvais, d'une nature emportée. Il n'avait ni délicatesse ni raffinement. Il se vantait constamment de ses exploits et personne ne l'aimait. Lorsqu'il vit Ukyo, il s'éprit de lui. Il n'eut pas la délicatesse de lui dire son amour par une lettre aimable, il n'était pas assez raffiné pour cela. Il poursuivait Ukyo de sourires et de larmes dès qu'il le voyait seul dans le palais ou au jardin. Mais Ukyo le dédaignait.

Le seigneur avait un serviteur à la tête rasée et qui était chargé du soin des objets servant à la cérémonie du thé. Il s'appelait Shyosaï Toushiki. Il était l'ami intime de Shyouzen et se chargea du message de celui-ci auprès d'Ukyo. Il dit un jour à Ukyo : « Je vous en prie, donnez une aimable réponse à Shyouzen. Il vous aime passionnément », et il lui remit la lettre de Shyouzen.

Mais Ukyo jeta la lettre et dit : « Ce n'est pas votre affaire de porter des lettres d'amour. Occupez-vous de tenir propre la maison du maître pour le thé », et il s'en alla.

Shyouzen et Shyosaï furent saisis de rage et décidèrent de tuer Ukyo cette même nuit, puis de s'enfuir. Ils ne pouvaient supporter l'insulte et l'humiliation que leur avait infligées Ukyo, et ils préparèrent leur vilaine action.

Mais Ukyo fut averti de leur complot et décida de les tuer tous les deux avant qu'ils ne l'attaquassent. Il pensa en parler à Unémé. Mais, en réfléchissant, il se dit qu'il était indigne d'un samouraï de ne parler de ses affaires à son amant que pour obtenir son aide. Et puis il ne voulait pas faire d'Unémé son complice. Il décida donc d'exécuter seul son projet.

C'était le mois de mai, plein de pluies. Ce soir-là il pleuvait beaucoup. On était le dix-sept de la lune du dix-sept de Kanyei (1641 a. D.). Tous les samouraïs de garde étaient dans un état de lourde fatigue. Ils somnolaient. Ukyo se vêtit d'une mince robe de soie blanche comme la neige, avec une jupe somptueuse. Il se parfuma plus qu'à l'ordinaire pour être pur, car il avait décidé de mourir après avoir tué les deux ennemis. Il mit deux épées à la ceinture qui entourait ses hanches et traversa les salles du château. Comme il avait coutume de le faire chaque soir les gardes le laissèrent passer sans l'interroger.

Shyouzen était de garde cette nuit-là dans une salle. Il était appuyé contre un paravent peint d'éperviers et regardait son éventail. Ukyo se précipita sur lui et lui enfonça profondément son épée dans l'épaule droite jusqu'au sein. Mais Shyouzen était un homme de courage et de valeur. De sa main gauche il saisit sa propre épée et se défendit courageusement. Mais il perdait du sang et s'affaiblissait. Finalement il tomba en maudissant Ukyo. Ukyo l'acheva par deux autres coups d'épée. Puis il se mit à la recherche de Shyousaï.

Mais les gardes s'étaient réveillés au bruit de la lutte. Ils avaient allumé les lumières dans les salles. Ils arrêtèrent Ukyo et leur capitaine le mena devant le seigneur. Celui-ci fut très irrité et indigné. Il parla durement à Ukyo et lui dit : « Pour quelle raison as-tu tué Shyouzen ?... Tu mérites une sévère punition d'avoir ainsi troublé mon palais la nuit, par ton crime ; confesse la raison pour laquelle tu as tué Shyouzen. » Mais Ukyo garda le silence. Il fut mené devant le conseiller supérieur, Tonomo Tokoumatsu, qui l'interrogea. Ukyo avoua ; lorsque le seigneur fut renseigné, il se calma et ordonna de garder Ukyo dans une salle du palais, où on le traita avec égards.

Le père de Shyouzen était un courtisan héréditaire du seigneur. Il fut si indigné du crime commis contre son fils qu'il jura de mourir par Hara-kiri à l'endroit même où son fils était tombé. La mère aussi était une favorite de la princesse, la femme du seigneur. Elle prenait part aux réunions poétiques de la princesse. Toute la nuit, les pieds nus, elle pleura et se lamenta de la mort de son fils. Elle implora la princesse de punir le meurtrier, disant : « Si le Seigneur épargne le meurtrier, il n'existe pas de loi et de justice sur la terre. »

Ainsi le seigneur résolut, à regret, de condamner

Ukyo à mourir par Hara-kiri. Shyousaï qui avait porté le message à Shyouzen se donna lui-même la mort.

A cette époque Unémé avait reçu de son maître un congé pour aller voir sa mère à Kanagawa, et il ne sut pas qu'Ukyo avait été condamné à mort. Mais Samanosouké lui écrivit, en lui apprenant que le lendemain matin Ukyo devait se tuer à l'église Keiyôdji, à Asakousa. Unémé fit remercier Samanosouké et se précipita à l'église dès l'aube.

Dans sa hâte il ne prit pas le temps de dire adieu à sa mère. Comme il se tenait dans un corridor du parvis (l'entrée principale de l'église, qui ressemble à une tour basse) plusieurs jeunes gens se mirent à parler bruyamment de Hara-kiri. Ils disaient : « Ce matin très tôt, viendra un jeune Samouraï pour se tuer ici. On dit qu'il est très beau. Même un fils laid est cher à ses parents ; les parents de ce jeune samouraï doivent être frappés de désespoir de voir mourir leur jeune fils si accompli. C'est vraiment pitié de tuer pareil jeune homme. »

Unémé retint ses larmes avec peine en les entendant. L'église se remplit bien vite ; il se cacha derrière une porte et attendit l'arrivée de son cher Ukyo.

Peu après on vit s'approcher une belle litière neuve portée par plusieurs hommes entourés de gardes. Elle s'arrêta en face de la porte. Ukyo en sortit très tranquille. Il portait une robe de soie blanche, brodée de fleurs d'automne, avec des revers (1) et une jupe de chanvre bleu pâle. (C'est le vêtement ordinaire des Samouraï pour le Hara-kiri). Il s'arrêta un moment et regarda tout alentour. Il y avait là sur les tombeaux plusieurs milliers de tablettes de bois, portant les noms des personnes enterrées. Au milieu des tombes s'élevait un cerisier sauvage, où restaient seulement quelques fleurs blanches aux branches supérieures. Ukyo regarda les fleurs blanches languissantes et murmura tout bas un vieux poème chinois :

Les fleurs attendent le printemps prochain,
Espérant que les mêmes mains les caresseront. Hélas,
Pauvres fleurs, les cœurs des hommes ne seront plus
Les mêmes, et les fleurs sauront seulement que tout change.

Le siège destiné au Hara-kiri était placé dans le jardin du temple. Ukyo s'assit calmement sur les nattes bordées d'or. Il appela son aide, chargé de couper la tête du condamné pour abréger sa souffrance, après qu'il s'est enfoncé le poignard dans le ventre. Cet aide avait nom Kajuyu Kitji Kawa, et était un courtisan du même seigneur. Ukyo coupa ses boucles merveilleuses et les mit dans un papier blanc ; il remit le paquet à Kajuyu, le priant de l'envoyer à sa vieille mère à Horikawa, à Kyoto, comme une

(1) Les samouraïs portaient sur la robe une sorte de col-revers formé de deux triangles qui faisaient comme des ailes sur les épaules.

relique. Le prêtre se mit alors à prier pour le salut de l'âme d'Ukyo.

Ukyo dit : « La beauté ne peut durer longtemps sur cette terre. Je suis heureux de mourir maintenant que je suis jeune et beau, avant que mon visage se fane. » Alors il sortit de sa manche un papier vert et y inscrivit son poème d'adieu. Voici son poème :

J'aimais la beauté des fleurs au printemps,
En automne, l'éclat de la lune
Etait la joie de mon cœur, mais maintenant
Que je vois la mort face à face,
Toutes ces joies s'évanouissent,
Comme des rêves de jours passés.

Puis il s'enfonça le poignard dans le ventre ; Kajuyu lui coupa immédiatement la tête par derrière. A ce moment Unémé se précipita vers les nattes et s'écria : « Achève-moi aussi » et se tua. Kajuyu abattit sa tête. Ukyo était âgé de seize ans, Unémé de dix-huit ans. Les tombeaux de ces deux jeunes gens restèrent longtemps dans ce temple. Sur leurs pierres tombales on inscrivit le poème d'adieu d'Ukyo. Le dix-septième jour après leur mort, Samanosouké aussi mourut par Hara-kiri. Il laissait une lettre, pour dire qu'il ne pouvait survivre à la mort de ses amants.

Telle est la tragédie des jeunes gens qui moururent à cause de leur amour.

III

IL SUIT SON AMI DANS L'AUTRE MONDE
APRÈS L'AVOIR TORTURÉ A MORT

Le deuxième jour de l'année, le seigneur de la province Iga rêva que la neige tombait. Et le lendemain matin, la neige se mit à tomber. Il dit à ses serviteurs : « Il neige exactement comme je l'ai rêvé cette nuit. » L'un des pages, nommé Sasanosouké Yamawaki, se rendit dans une autre salle et en rapporta le tableau du Fuji Yama par le célèbre peintre Tanyo. Il le suspendit dans l'alcôve de la salle. Le seigneur eut grand plaisir à ce geste plein de tact et d'intelligence, car voir en rêve la neige sur le Fugi est considéré par tout japonais superstitieux comme un signe de bonheur. Le seigneur compara le geste de Sasanosouké à celui de l'ancienne et célèbre poètesse de la cour impériale. Elle s'appelait Seishyônajon. Un jour l'empereur Tjidjo avait demandé : « Quel sera l'aspect du mont Koro, le matin sous la neige ? » Alors Seishyônajon avait vite déroulé le store de bambou devant la porte nord du palais. Car un grand poète chinois dit dans un de ses poèmes :

On peut entendre les cloches du temple Taiji,
En soulevant seulement sa tête de l'oreiller,
Mais pour voir les neiges du mont Koro,
Il faut dérouler le store devant la porte.

Sasanosouké était très intelligent et plein de tact, et il plut beaucoup à son maître en imitant cette célèbre dame. Il devint dès lors l'un des favoris du seigneur. Lorsque le seigneur partit à Yodo pour faire sa cour au Shyôgun, Sasanosouké resta en province. Il était donc libre et faisait ce qui lui plaisait. Un jour il partit avec trois autres pages chasser les oiseaux dans les champs. Pendant longtemps ils marchèrent sans même trouver un moineau pour leur peine. Ils décidèrent de rentrer.

Derrière un buisson de bambous se trouvait une hutte où les paysans mettaient leurs melons à l'abri des oiseaux et des voleurs pendant l'été. Comme les jeunes gens passaient devant la hutte, un faisan en sortit. Les pages capturèrent l'oiseau à l'aide de bambous. Alors plusieurs faisans sortirent de la hutte. Les jeunes gens étaient enchantés d'une pareille aubaine. Mais l'un s'étonna de voir voler tant de faisans. Il se faufila dans la hutte et aperçut deux hommes qui s'y cachaient avec une grande cage pleine de faisans. Il gronda sévèrement les hommes. « Vous commettez un crime contre la loi du seigneur. Ne savez-vous pas qu'il est défendu par la loi à un homme du peuple de capturer des oiseaux ? »

Et, comme il examinait les hommes, l'un d'eux s'enfuit en cachant son visage dans un grand chapeau de paille de jonc. Mais l'autre homme fut saisi par les pages et semblait en péril, tant les jeunes garçons montraient de colère. Mais Sasanosouké intercéda pour le malheureux, disant : « Peut-être que ces pauvres gueux ont pris les oiseaux pour se nourrir, ayons pitié, pardonnons-lui au moins cette fois. »

Ils relâchèrent le paysan et s'en retournèrent à la maison, joyeux de leur belle et facile capture, attachant les oiseaux à des branches de prunier. Sasanosouké prétendit souffrir d'un pied et resta en arrière. Lorsque les autres se furent éloignés, il questionna l'homme avec insistance : « Je ne te laisserai pas partir avant que tu m'aies dit pourquoi, toi et ton complice, vous vous êtes cachés ici. Sois franc, avoue: il y a quelque chose d'étrange là-dessous. »

L'homme effrayé avoua aussitôt : « Je suis le serviteur de Hayemon Banno ; mon maître s'est enfui avant que vous m'ayez saisi. »

« — Je connais Hayemon, c'est un homme très connu. Pourquoi s'est-il sauvé, c'est étrange... »

Le serviteur dit : « Mon maître dit ce matin : « Aujourd'hui Sasanosouké Yamawaki viendra chasser les oiseaux par ici. Mais, après tous les samouraïs qui ont chassé ces temps-ci, les oiseaux sont très rares dans les champs. Il sera désappointé de sa chasse. Je vais lui faire plaisir avec mes propres oiseaux. C'est pourquoi mon maître et moi avons lâché ces oiseaux pour ton plaisir, jeune seigneur. »

Sasanosouké dit : « Ce jeune homme doit être très heureux d'être aussi apprécié par un maître tel qu'Hayemon. Je voudrais être ce garçon. » Et il ôta son vêtement et le donna en présent au serviteur. Mais le serviteur aurait mieux aimé que l'habit fût une grande bouteille, pleine de vin.

Plus tard, le serviteur devint le messager d'amour entre Hayemon et Sasanosouké, ou les faisait jouir de leur amour, car tous deux étaient des hommes de valeur et d'honneur.

Mais un automne, l'arbre du jardin du temple Saïmendji sur le mont Nayata se mit à fleurir une deuxième fois. Les samouraïs se rendirent au temple pour jouir de ce spectacle. Ils firent une belle partie de plaisir et se régalèrent de délicieux plats et de vins. Ils en oublièrent et les fleurs et eux-mêmes et s'attardèrent jusqu'au soir. Parmi eux se trouvaient plusieurs pages du seigneur. Hayemon aussi était venu voir les fleurs et se réjouir avec les autres samouraïs. Un des pages, Itjisabouro Igarashi, lui donna à boire une coupe de vin dont il avait bu lui-même la moitié. Hayemon le remercia avec des compliments très flatteurs, lui disant : « Tu es vraiment un très joli garçon. Je me réjouis de ta beauté, même quand je bois ce vin. » Et il laissa Itjisabouro remplir à nouveau la coupe de vin capiteux. Quand il fut ivre, il prit plaisir avec Itjisabouro, mais en s'en allant, il n'oublia pas ses deux épées qui sont l'âme du samouraï.

Quelqu'un rapporta à Sasanosouké la conduite de Hayemon envers Itjisabouro. Sasanosouké fut rempli de colère et de jalousie. Le jour suivant, le temps changea, soudain, le froid vint et un vent furieux se mit à souffler. Sasanosouké attendit Hayemon sur la porte de sa maison. Lorsqu'Hayemon arriva, il lui prit la main avec impatience et le conduisit dans une petite cour intérieure; après avoir tiré le loquet de la porte et de toutes les issues de la maison, il laissa Hayemon dans la cour.

Hayemon crut que Sasanosouké préparait une entrevue d'amour et attendit pendant quelque temps dans la cour, mais la neige, qui avait commencé à tomber au début du soir, s'amoncelait dans la cour. D'abord Hayemon secoua la neige de ses épaules et de ses manches. Mais bien qu'il se fût mis à l'abri sous un vieux pawlonia il souffrait beaucoup du froid. Sa voix s'enroua, il appelait son amant : « Sasanosouké, je vais mourir de froid. » Sasanosouké lui répondit de la chambre du premier étage, où il s'amusait avec le domestique, et lui dit de sa voix rieuse : « Je suis sûr que tu es encore assez réchauffé du vin que t'a versé le joli page. »

Hayemon gémit : « Vraiment tu me donnes une leçon ce soir. Je serai très prudent dorénavant et je ne regarderai plus un seul joli garçon. Pardonne-moi, Sasanosouké. »

Mais Sasanosouké ne se laissa pas fléchir : « Si tu es sincère, passe-moi tes deux épées pour me le prouver. Alors je te croirai. » Et Hayemon lui tendit ses deux épées.

Alors Sasanosouké, pour venger son amour trompé, se mit à se moquer de Hayemon. Il lui fit enlever tous ses habits. Puis il força le malheureux, qui tremblait de froid dans sa nudité, à faire tomber tous ses cheveux sur son visage. Alors Hayemon lui obéit. Sasanosouké lui jeta un papier blanc triangulaire avec une lettre souscrite et lui ordonna de le mettre sur son front. Dans les enterrements selon le vieux rite bouddhique, le cadavre porte sur le front un papier triangulaire avec une inscription souscrite. Et Hayemon obéit.

L'air était glacé et la neige tombait sur son corps nu, tremblant et frissonnant. Il eut peine à respirer. Il avait vraiment l'air d'un cadavre. Il implorait Sasanosouké de lui pardonner et de le sauver, levant vers lui ses mains glacées et tremblantes.

Mais Sasanosouké resta sans pitié. Il chantait dans la chambre du haut de sa voix claire et insouciante,

battant sur un tambour un passage du fameux drame
Nô : « je suis très reconnaissant de ta bonne prière
pour le salut de mon âme », puis, après un moment,
il regarda dans la cour.

Hayemon était tombé de souffrance et de peine.
Alors Sasanosouké ému se précipita dans la cour et
essaya de le ranimer par des médicaments et de la
chaleur. Mais il était trop tard. Hayemon expira. Alors
Sasanosouké le rejoignit dans la mort, par Hara kiri.

Sasanosouké avait préparé, dans sa chambre à
coucher, une fête pour lui et son cher Hayemon. Il
y avait des mets délicieux, et sur le lit deux coussins
pour lui et Hayemon. Ses vêtements étaient parfu-
més. Sasanosouké avait eu l'intention de pardonner à
Hayemon après l'avoir puni durement, mais il était
allé trop loin et avait tué par là son amant, et lui-
même.

IV

IL MEURT POUR SAUVER SON AMANT

Soudain la mer se mit en colère, des vagues se jetèrent en grondant contre la côte. Le ciel était couvert de gros nuages noirs, la tempête se précipitait du haut du mont Mouko. Une violente averse se mit à tomber. Les gens qui se promenaient furent pris de panique. Parmi les promeneurs se trouvait un samouraï, l'ambassadeur du seigneur d'Akashi à un autre seigneur de la province voisine. Il se mit à l'abri avec son domestique sous un gros arbre. Un garçon d'environ treize ans passa devant eux, portant un parapluie en papier. Voyant le samouraï sous l'arbre, le jeune garçon donna son parapluie au domestique.

Le nom du samouraï était Sakon Horikoshi. Sakon remercia : « Merci, mon garçon, de ton obligeance, mais dis-moi, n'as-tu pas besoin pour toi-même de ton parapluie ? » Pour toute réponse le jeune garçon se mit à pleurer. Sakon lui demanda la raison de son chagrin ; alors, essuyant ses larmes, l'enfant répondit : « Je suis un fils de Sluyouzen Magasaka. Mon nom est Korin. Mon père quitta son seigneur de la province Kaï et nous nous rendîmes dans la province Bouzen. Mais il mourut subitement sur le bateau. Alors ma mère et moi l'avons enterré dans ce village. Depuis, ma mère et moi vivons ici dans une maisonnette que nous avons bâtie avec l'aide de villageois obligeants. Nous fabriquons des parapluies pour vivre. Mais je ne peux pas employer ce pauvre parapluie pour me protéger de la pluie sans penser avec chagrin que ma mère l'a fait de ses pauvres mains délicates. »

Cette triste histoire émut beaucoup Sakon. Il se rendit au village et apprit de la mère que le récit du jeune garçon était vrai.

Lorsqu'il remplit son message auprès du gouverneur de la province, il lui parla aussi de Korin. Le seigneur fut ému et ordonna à Sakon de lui amener le jeune garçon. Sakoun fut très heureux et présenta le garçon et sa mère au seigneur. Korin était très joli. Son visage frais et simple était comme une lune sereine dans le ciel d'automne. Ses cheveux noirs étaient comme des fleurs de lotus, sa voix comme le murmure d'amour du rossignol aux jeunes fleurs de pêcher.

Le seigneur fit de Korin son page et l'aima beaucoup. Le temps passa; un soir de garde, le seigneur caressait Korin avec tendresse et murmurait : « Cher et doux Korin, je te donnerais même ma vie si tu le désirais. »

Mais Korin répondit : « Vos flatteries ne me font nullement plaisir, seigneur, ce n'est pas un vrai amour de samouraï que d'aimer un seigneur tout-puissant. C'est plutôt un déshonneur pour celui qui aime l'amour pédéraste pur et sincère. J'aimerais mieux, comme amant, un homme de classe quelconque, mais dévoué et sincère ; un homme que je puisse aimer toute ma vie, et ce serait mon plus grand plaisir dans la vie. »

Le seigneur lui dit : « Viens, tu n'es pas sérieux. »

Mais Korin insista : « Mon seigneur, je parle sérieusement, et c'est le vœu de mon cœur. Je le jure sur mon amour de samouraï et devant tous les dieux du Japon. »

Le seigneur fut étonné de la franchise courageuse du jeune garçon.

Un soir le seigneur organisa une fête dans une Maison d'été de son jardin à laquelle assistaient ses nombreux et jolis pages.

Soudain, un souffle suffocant emplit le jardin et les arbres frissonnèrent. Un immense monstre descendit du toit, avançant son horrible tête, et regarda les gens. Il étendit ses grandes pattes et se mit à frotter le nez des assistants terrifiés. Ceux-ci entourèrent le seigneur et se précipitèrent dans le palais. Puis on entendit un grand bruit dans le jardin, comme si une montagne s'était effondrée.

Après minuit, un serviteur vint dire au seigneur qu'un immense blaireau avait été trouvé, la tête coupée, dans la maison de thé du jardin ; la bête quand on la découvrit serrait encore ses griffes, bien que morte.

Le seigneur dit : « Certainement le monstre de ce soir, quand nous nous trouvions dans la maison de thé, c'était les pattes de ce monstrueux blaireau (1). Et ce grand bruit c'était la bête qui le faisait pour nous effrayer. Je me demande quel est le brave qui a osé tuer ce blaireau-monstre. » Il questionna tous ses courtisans, mais aucun n'avait tué le monstre.

Sept jours après l'incident, vers deux heures du matin, sur le toit de la grande salle du palais, on entendit la voix d'une fillette. Elle criait : « Korin a tué mon père le blaireau. Il mourra bientôt aussi. Il subira son vilain sort. » Et la voix répéta trois fois ces menaces et se tut. On sut alors que c'était Korin, le héros qui avait tué le blaireau. Tout le monde loua son courage et sa modestie et son action héroïque.

Un des courtisans, chargé de l'entretien du palais, pria le seigneur de faire réparer le toit que le blaireau avait endommagé. Mais le seigneur lui refusa en disant : « Il était une fois un grand prince chinois, plein d'orgueil, qui se vantait en disant : « Toutes mes paroles sont vraies et que personne n'ose agir à l'encontre de mes ordres ». Alors un de ses courtisans nommé Sihkyo, qui lui était vraiment dévoué et fidèle, le frappa d'une harpe, pour l'admonester de ses paroles inconsidérées.

---

(1) Dans l'ancienne superstition japonaise, les blaireaux ont un pouvoir surnaturel et poursuivent les hommes en prenant des formes hideuses.

Et le prince lui fut reconnaissant de sa loyauté. Il laissa le mur que la harpe en le frappant avait abîmé, tel qu'il était, sans le réparer.

Je désire laisser le toit endommagé tel quel, pour que tout le monde puisse voir et admirer pour toujours le courage de Korin. »

Le seigneur n'en aima Korin que plus ardemment. Le second fils de Gyobu-Kamo, l'un des courtisans du seigneur, admirait beaucoup Korin. Il s'appelait Sohatjiro. Son admiration devint de l'amour. Il envoya beaucoup de lettres amoureuses à Korin, et Korin fut ému par ces lettres. Mais comme ils ne pouvaient se rencontrer ouvertement à cause du seigneur, ils attendirent un moment propice à un rendez-vous.

Le treize décembre, la coutume était de nettoyer à fond tout le palais, et, pour les courtisans, d'échanger leurs anciens vêtements contre des robes neuves et propres. Ce jour-là, suivant un plan imaginé par le domestique de Korin, Sohatjiro fut posté dans le palais dans un grand panier en bambou, dans lequel Korin avait envoyé des douillettes neuves à sa vieille mère. Ils parvinrent à porter Sohatjiro jusque dans la pièce attenante à la chambre à coucher du seigneur.

Korin feignit des maux d'estomac, et garda glissantes les portes-écrans pour pouvoir facilement les ouvrir le soir. La première fois que Korin sortit de la chambre, le seigneur se plaignit du bruit, mais, comme le soir avançait, il tomba dans un profond sommeil et se mit à ronfler très fort. Alors Korin, pensant qu'enfin le moment était venu où il pourrait rencontrer son amant, se faufila dans la chambre contiguë. Les deux amants s'embrassèrent et se jurèrent un amour fidèle et inaltérable jusqu'à leur mort.

Ils parlaient tout bas, dans un murmure, de leurs plaisirs amoureux. Mais le malheur voulut que le seigneur fût réveillé par leurs voix.

Il cria : « Il y a quelqu'un dans la chambre à côté, il n'échappera pas. » Il saisit une lance qui était restée sur son oreiller et se précipita sur Sohatjiro qui fuyait. Mais Korin le saisit par la manche et lui dit : « Ce n'est pas digne de vous, seigneur, de tant vous agiter. Calmez-vous, je vous en prie. Il n'y avait personne d'autre que moi ici. J'ai seulement poussé des plaintes à cause de mes douleurs. Pardonnez-moi, seigneur, d'avoir dérangé votre sommeil. »

A ce moment, Sohatjiro grimpait par-dessus la clôture à l'aide d'une grosse branche. Le seigneur l'aperçut. Il interrogea sévèrement Korin ; mais Korin nia tout. Alors le seigneur, parce qu'il avait un très grand amour pour Korin, pensa que c'était peut-être un autre blaireau malfaisant qui hantait le jardin, et il se calma.

Mais l'une des sentinelles, Shinrokou Kanaï, vint dire au seigneur : « J'ai vu une trace d'homme dans cette chambre, je l'ai vu de mes propres yeux dans le jardin. Ses cheveux étaient en désordre et ses gestes très étranges. Ce doit être l'amant secret de Korin. Je conseille au seigneur de bien surveiller Korin. » Mais le courageux Korin répondit : « Mon amant m'a donné sa vie, c'est mon fidèle amant. Même si je dois mourir, je ne dirai pas son nom. Je l'ai déjà dit bien des fois à mon seigneur. » Il était calme et serein.

Deux jours après, Korin fut amené dans la salle de garde du palais. Le seigneur lui dit : « Je vais t'exécuter moi-même, Korin, comme avertissement à mes courtisans de ne pas me tromper. Prépare-toi à mourir. » Et il prit en mains une hallebarde.

Korin sourit au seigneur : « Je suis reconnaissant à mon seigneur de bien vouloir me prendre la vie de ses propres mains, en souvenir de notre temps passé. Je suis tout à fait prêt. » Et il se leva.

Alors le seigneur lui coupa la main gauche et lui demanda : « Comment te sens-tu, Korin ?... »

Korin lui tendit la main droite pour être coupée aussi et lui dit : « Avec cette main j'ai caressé et aimé mon amant. Vous devez haïr beaucoup cette main aussi. »

Le seigneur coupa aussitôt cette main. Alors Korin tourna le dos à son maître et dit : « Mon dos est très beau, aucun autre page n'est aussi attrayant que moi, regarde ma beauté avant que je meure. » Sa voix était faible et basse des souffrances mortelles qu'il endurait. Alors le seigneur lui coupa la tête et la tenant dans ses mains, il versa des larmes amères sur la mort de son favori. Le corps fut enterré dans le cimetière du temple Myofoukouji. Dans cette église se trouvait un petit étang appelé « La Gloire du Matin ». La brève vie de Korin avait été comme une gloire du matin. Tout le monde accusa et blâma le lâche amant de Korin qui était resté caché après la mort de son ami. On le méprisa comme un chien errant.

Mais l'année d'après, le quinze janvier, Sohatjiro tua Shinrokou qui avait trahi Korin au seigneur. Il lui coupa les deux mains, comme le seigneur l'avait fait à Korin. Puis il l'acheva en lui perçant la gorge de son sabre. Il envoya la mère de Korin dans un endroit sûr. Puis il se rendit au cimetière, écrivit un mémoire dans lequel il rapportait son amour avec Korin et sa vengeance contre Shinrokou, et se tua par Hara-kiri, sur le tombeau de son amant. En s'ouvrant le ventre il dessina avec son poignard les armoiries de son bien-aimé Korin. Pendant sept jours, après sa mort, ses amis et admirateurs remplirent son tombeau de fleurs. Korin et Sohatjiro devinrent un glorieux exemple de l'amour pédéraste.

V

L'AME D'UN JEUNE HOMME PRIS D'AMOUR SUIT SON AMANT EN VOYAGE

Dans une prairie printanière, émaillée de gracieuses fleurs et de jeunes herbes, se tenaient deux personnes richement et élégamment vêtues. Elles cueillaient des herbes printanières ; leur visage était ombragé par de grands chapeaux.

Un jeune homme debout regardait ces deux gracieuses silhouettes ; il ne pouvait voir leur figure, et était intrigué de savoir quels beaux jeunes garçons cela pouvait être. Il avait un très grand désir de voir leur joli visage. Alors une vieille servante sortit de la tente (1). Elle les appela : « Chères demoiselles, mademoiselle Ofouji et mademoiselle Oyoshi. » Le jeune homme fut très désappointé de voir que les deux gracieuses personnes étaient des femmes et non des jeunes gens. Il se rendit bien vite à la ville de Sendaï, la capitale de cette province.

Au bout d'une des rues de cette ville, dite Bas-

(1) Autrefois les Japonais allaient dans les prés cueillir des fleurs comme pour une partie de plaisir, ils dressaient une tente pour se reposer.

hyoja Fsouojji, se trouvait une droguerie, dont le propriétaire s'appelait Fiousouké Ronishi. Quand le jeune homme passa devant la boutique, un délicieux parfum d'encens s'échappa des rideaux noirs au fond du magasin. Ces rideaux séparaient la boutique des chambres d'habitation. Le parfum était plus suave que le célèbre « blanc chrysanthème », que seul le seigneur de cette province possédait. Le jeune homme avait un goût très vif pour les encens, et fut attiré par le parfum.

Il entra donc dans la boutique. Après avoir acheté quelques menus parfums il dit au propriétaire : « Je voudrais acheter l'encens que tu fais maintenant brûler dans l'arrière-boutique. Son parfum est exquis. Donne-m'en un peu, veux-tu ? »

Mais le propriétaire répondit : « Cet encens est le préféré de mon fils, et nous ne pouvons le vendre. »

Le jeune homme fut très déçu. Il traîna un moment dans la boutique, car il ne pouvait se séparer de cette délicieuse odeur. C'est à regret qu'il s'éloigna. Ce jeune homme s'appelait Itjikouro Ban, c'était un garde de la province Tsougaru, immensément riche. Il était passionné de pédérastie et n'accordait pas un regard aux femmes. Il se rendait cette fois à Yedo pour y voir un célèbre jeune acteur, Dekijima, dont la beauté attirait l'admiration de beaucoup d'hommes. Le domestique d'Itjikouro avait reçu une lettre d'un

ami à Yedo, célébrant la beauté de Dekijima. Et Itjikouro était parti immédiatement pour voir Dekijima.
Itjikouro, était une personnalité d'un très grand raffinement et de grande dignité ; une personne de valeur
se rencontre rarement dans une contrée aussi retirée.

Le fils du droguiste, Djutaro, avait vu Itjikouro
et s'éprit de lui. Djutaro pensait : « Ma belle jeunesse
ne peut durer toujours, je serai bientôt un homme fait,
beaucoup d'hommes m'aiment et m'admirent à cause
de ma beauté. J'ai reçu plus de cent lettres d'amour.
Mais je n'en ai jamais lu aucune. Les gens disent que
je n'ai pas de cœur. Mais tous ces hommes n'avaient
aucun attrait pour moi. Seul cet homme raffiné m'a
troublé. Si seulement il pouvait répondre à mon amour,
je l'aimerais pour la vie. Vraiment, je l'aime désespérément. Sa virile beauté m'a fait perdre la tête. Il
m'a fasciné. » Son jeune sang trop ardent s'enflamma
tant que sa passion le terrassa.

Ses yeux devinrent fixes. Il eut l'air d'un insensé.
Il courait partout, tenant de la main droite son épa-
gneul longtemps chéri, tandis que de l'autre main il
brandissait une épée. On ne pouvait l'approcher. Finalement, risquant sa propre vie, la nourrice de Djutaro
parvint à le saisir. Elle le consola et l'égaya. « Mon
cher jeune maître, calme-toi, nous pouvons rappeler ce
voyageur et arranger votre amour. Je t'en prie,
ressaisis-toi, cher maître. » Alors le jeune garçon

devint un peu plus calme. Ses parents engagèrent un prêtre ambulant, pour qu'il priât pour la guérison de Djutaro.

Le père du jeune homme, Hiousouké, avait épousé, à trente-cinq ans, la fille d'un riche marchand. Mais il atteignit soixante ans sans avoir d'enfant. Alors lui et sa femme prièrent le dieu Tenjin de leur donner un enfant et restèrent en prière pendant sept jours devant la châsse du dieu. Le soir du septième jour, ils rêvèrent qu'une fleur de prunier tombait dans la bouche de la femme et elle devint enceinte. Ils en furent très heureux et reconnaissants au dieu Tenjin. Puis Djutaro naquit.

Il avait à peine cinq ans lorsqu'il se mit à écrire des lettres chinoises qu'on ne lui avait jamais apprises. A treize ans il écrivit une histoire sur un rendez-vous de jeunes amoureux qui devaient se séparer après une courte rencontre, un soir d'été. Il nomma le livre : *L'amour d'un court soir d'été*. Tel était son génie.

C'est pourquoi sa soudaine maladie causa une grande peine à ses parents et amis. La prière du prêtre ne donna pas grand résultat, Djutaro était constamment en extase. Il s'affaiblissait de jour en jour.

Son pouls devint si faible que tout espoir de le sauver fut perdu. Ses parents firent un beau linceul blanc et préparèrent un joli cercueil pour l'enterrer, car on attendait sa mort à tout instant.

Mais un jour, tout à coup, le jeune homme leva sa tête ravagée, et dit d'une voix basse à ses parents : « Je suis heureux, cet homme que j'aime passera dans la rue demain soir, arrêtez-le et amenez-le auprès de moi. »

Les personnes qui l'entendirent crurent qu'il parlait dans son délire. Mais pour le tranquilliser ils envoyèrent un homme, nommé Biwajoutji, attendre l'étranger à l'entrée de la ville. Et voici que, comme l'avait dit le malade, l'étranger arriva. On l'amena aussitôt à la maison de Djosouké, et le père ému lui raconta l'étrange maladie de son fils.

Itjikouro fut ému de cet amour. Il dit au père : « Si ton fils meurt, je me ferai prêtre, pour prier toute ma vie pour le salut de son âme. Mais je veux le voir avant qu'il ne meure. Je voudrais lui dire adieu avant qu'il quitte ce monde. »

Ils entrèrent dans la chambre où était le jeune homme. Et Djutaro, exténué, se leva tout à coup droit sur son lit dès qu'il aperçut celui qu'il aimait. Et il guérit aussitôt, et redevint sain comme avant. Tout le monde en fut étonné.

Djutaro dit à Itjikouro : « Mon corps était resté ici, mais mon âme t'a accompagné tout le temps. Tu ne t'en es peut-être pas aperçu. Je t'aime, seigneur. Une nuit que tu étais entré dans la salle intérieure à Hiraizoumi, après avoir visité les places historiques de Takadatji, mon âme dormit avec toi dans le même lit et t'aima sans un mot. Alors je mis un peu de mon encens dans ta manche. L'as-tu encore ?... »

Itjikouro sortit de sa poche un peu d'encens et dit : « En vérité, voilà qui est bien étrange. J'étais heureux de trouver cet encens exquis dans ma manche, mais je ne pouvais m'expliquer d'où il venait. Maintenant je comprends, c'est un étrange miracle, je ne pensais pas que nous avions fait ensemble un serment d'amour. »

Le jeune garçon répondit : « Je veux te donner une preuve de mon serment, qui te fera croire mes paroles. » Il sortit de sa poche un morceau d'encens brisé, et mettant les deux pièces bout à bout, elles se rejoignirent exactement, et leur parfum était le même. Alors Itjikouro fut convaincu. Et ils se jurèrent de s'aimer toujours, même dans leur future existence. Itjikouro retourna dans sa ville natale, emmenant Djutaro sur son cheval, et les parents du jeune garçon consentirent volontiers à le donner à son amant.

VI

UN AMOUR TRAGIQUE ENTRE DEUX ENNEMIS

Le seigneur de la province Etjigo s'appelait Jiboudayu Mashikoura. Un jour, son premier intendant, Gyobou Tokouzawa, fit venir le page principal de son maître, nommé Senpatji Akanishi, alors qu'il se trouvait dans le vestibule avec d'autres pages. Il lui dit : « J'ai à te parler, Akanishi. Viens avec moi. » Et il l'emmena dans un endroit secret derrière des arbres du jardin. Là il lui dit : « Mon maître m'a chargé de choisir quelqu'un de très fort pour tuer son courtisan Shingokeï Dizaki. Je ne vois personne d'autre que toi pour cette mission. Va donc dans la maison de Shingokeï et tue-le. Je suis sûr que mon maître a une raison valable pour le faire tuer. »

Senpatji demanda : « Quelle offense est-ce que Shingokeï doit expier ?...»

L'intendant ne le savait pas lui-même. Alors Senpatji lui dit : « J'ai confiance en ta parole, cependant je voudrais entendre cet ordre de la bouche même de mon maître. »

Alors, l'intendant emmena Senpatji devant le seigneur, tandis que Senpatji s'agenouillait devant lui,

il lui dit : « Senpatji, il faut que tu tues Shingokeï,
comme mon intendant te l'a ordonné. »

Et Senpatji s'en retourna chez lui, très triste de
devoir tuer Shingokeï qui était un de ses bons amis.
Il se rendit pourtant chez lui et après un court entretien, il le tua, disant : « C'est sur l'ordre de mon
maître. »

Les serviteurs de Shingokeï essayèrent de se saisir
du meutrier. Mais Senpatji les calma en disant : « J'ai
agi sur l'ordre de mon maître, il faut que vous lui
obéissiez. »

Le seigneur confisqua toutes les propriétés et
toutes les richesses de Shingokeï. La veuve était incon-
solable. Elle était la fille d'un samouraï retiré de la
province voisine. Elle avait épousé Shingokeï l'année
d'avant, avec les cérémonies d'usage, car Shingokeï
et son père étaient d'anciens amis. Les deux époux
s'aimaient tendrement. La mort de son mari la terrassa, elle eût voulu mourir après lui pour le suivre
dans l'autre monde, mais elle était enceinte, elle ne
pouvait se tuer à cause de l'enfant qu'elle portait
dans son sein. Elle quitta donc la province, pleurant
amèrement le triste sort de son mari et le sien. Après
un pénible et long voyage solitaire, elle atteignit une
autre province très retirée, dans les montagnes. Elle
décida d'y habiter. Quelque temps après, toute seule
et sans aide, elle donna jour à un fils. Elle prit un soin

infini de l'enfant. Pour gagner sa vie, elle cousait, car il n'y avait pas dans tout le village une seule femme qui sût coudre. Ils vécurent ainsi tous deux, pauvrement, dans le village.

Le temps passa, le fils atteignit sa quatorzième année, ses traits et ses manières étaient doux et raffinés. Il rappelait à sa mère le mari bien-aimé qu'elle avait perdu. Elle avait gardé une harpe coréenne et deux épées faites par Kounimouné, un très célèbre ancien armurier japonais, qu'elle avait reçues de ses parents lorsqu'elle les avait quittés. Quand elle se sentait triste elle jouait de la harpe pour se distraire, elle et son fils bien-aimé. C'est ainsi qu'ils vivaient dans leur hutte retirée.

Le sort d'un homme est très inconstant et plein de surprises. Senpatji Akanishi fut exilé par son maître pour une offense insignifiante ; après avoir traversé plusieurs provinces, il s'établit dans une ville proche de la hutte qu'habitaient la mère et le fils. Ils ne se rencontrèrent jamais et ne soupçonnèrent pas qu'ils vivaient si près l'un de l'autre.

Un jour pourtant, Senpatji fut invité à une chasse d'oiseaux par son ami Kourobatji Toriyama. Sur le chemin du retour, ils passèrent par hasard devant la maisonnette de la veuve. Ils entendirent le son d'une harpe, la mère jouait. Ils furent charmés par cette musique et se mirent à écouter. Ils se glissèrent par un trou de la haie et regardèrent par une fente du mur de bambou.

Une très belle femme de trente-cinq ans environ jouait de la harpe. Elle semblait appartenir à quelque famille distinguée de la haute aristocratie, et s'être déguisée pour habiter cette misérable hutte. A côté d'elle était assis son fils Shynosouké, étudiant l'écriture sur un livre que sa mère avait écrit elle-même. Il était extrêmement joli. Les curieux furent surpris de trouver dans ce village désert des personnes aussi distinguées. Ils se firent alors ouvrir la porte et se tinrent quelques moments dans la cour en s'excusant de leur intrusion. Après une courte visite, ils s'éloignèrent.

Senpatji fut frappé par la beauté du jeune garçon. Il retourna à la hutte et devint l'ami intime de ses habitants. Peu à peu Senpatji et Shynosouké engagèrent entre eux un profond amour. Senpatji emmena la mère et le fils avec lui dans sa ville et les entretint. Une année passa ainsi paisiblement.

Puis la mère se rendit compte que Senpatji ressemblait beaucoup à l'homme qui avait tué son mari. Un jour elle le questionna sur sa famille et sa vie passée. Elle acquit alors la certitude que Senpatji était l'assassin de son mari, du père de son fils.

Le jour suivant, elle dit à son fils : « Senpatji a tué ton père avant ta naissance. Il avait été forcé de le faire par ordre de son maître qui était aussi le maître de ton père. Il n'en est pas moins le meurtrier de ton père. Tue-le et venge ton père. »

Le fils, saisi, ne put d'abord rien dire. Puis il discuta avec sa mère. « Senpatji n'a pas tué mon père par inimitié personnelle. Il n'avait pas de haine envers mon père. Il ne pouvait faire autrement, puisque le seigneur l'ordonnait. Il n'est vraiment pas l'ennemi de mon père, si je voulais le venger c'est le seigneur Jiboudayu que je devrais tuer, non mon ami Senpatji. Nous lui devons beaucoup de reconnaissance pour ses bienfaits. Réfléchis, maman : Je ne peux pas le tuer. — Nous n'avons pas le droit de le tuer. » Mais la mère se fâcha. Elle s'écria : « Oui, je sais que tu ne peux pas le tuer, tu es trop lâche et trop tendre. Si j'avais su qu'il était l'assassin de mon mari, jamais je n'aurais accepté son aide. J'aurais mieux aimé mourir de faim que de te voir engager une fraternité avec lui, mais je te le dis, tu as tort d'abandonner ta vengeance à cause de ton amour. Si tu le fais à cause de ton amour tu n'es pas un samouraï. Tu flétris l'honneur d'un vrai samouraï. Je ne te connaîtrai plus si tu es si lâche. Je me vengerai moi-même. » Et saisissant son poignard elle se précipite dehors. Son fils la retint par la manche, et lui dit : « Si ta volonté de venger mon père est si ferme, il ne me reste qu'à t'obéir. Je le tuerai de mes propres mains, ne le fais pas, je t'en prie, maman, reste calme. » Et il prépara sa vengeance.

Son amour avec Senpatji durait depuis plus de deux ans, maintenant. Et voilà qu'il était forcé de tuer Senpatji à qui il avait juré amour et aide pour toujours. Il ne pouvait pourtant pas le tuer sans lui en dire la raison. Ce soir donc il fit venir Senpatji chez lui, mais il était pâle et abattu de ses peines. Senpatji s'en aperçut de suite et lui dit : « Cher Shynosouké, tu as l'air bien triste ce soir — as-tu des peines ?... Dis-les-moi, que je les partage. »

Shynosouké soupira, touché de ces douces paroles. Senpatji le pressa de lui ouvrir son cœur. Alors Shynosouké lui avoua : « Oh ! que la vie humaine est une misérable chose ! Ceci est le destin, Senpatji, je suis le fils de Shingokeï Dizaki. Tu sais toi-même ce que tu as fait à mon père. Je sais que tu ne pouvais faire autrement et que tu as agi sur l'ordre de ton maître. Mais, en fils de samouraï, je ne peux l'oublier. Alors, j'étais encore dans le sein de ma mère. J'ai vraiment beaucoup de chagrin de te tuer, parce que tu as été bon envers ma mère et moi, pendant si longtemps ; je suis dans une grande détresse. »

Senpatji soupira : « Hélas, ce monde est bien étrange. Je n'ai jamais soupçonné que tu es son fils. Oui, j'ai tué ton père. Mais mourir de ta main, Shynosouké, m'est agréable. Viens, tue-moi, venge ton père » et il jeta ses épées et tendit son cou à Shynosouké.

Shynosouké s'écria : « Non, prends ton épée, et

lutte avec moi, je ne peux te tuer, toi qui as si bien agi envers moi. » La mère qui regardait la scène de la pièce voisine appela son fils, et dit : « Je vous admire tous deux, Senpatji et toi, tous deux vous êtes des hommes d'honneur. Aimez-vous encore ce soir. Je veux vous donner ce délai. Fêtez aujourd'hui votre séparation, mais demain matin sans faute, Shyno- souké, venge ton père. »

Alors Shynosouké apporta des plateaux et des coupes de vin. Ils se réjouirent ensemble. La mère dormit dans la pièce voisine. Senpatji et Shynosouké couchèrent ensemble.

Lorsque sa mère s'éveilla le lendemain, ils étaient tous deux silencieux, étendus dans le même lit. La mère appela son fils : « Réveille-toi, fils négligent. » Mais elle ne reçut aucune réponse. Alors elle alla dans la chambre, souleva la couverture qui les recouvrait tous deux et vit que Shynosouké avait percé le cœur de Senpatji avec son épée à travers sa propre poitrine. Le bout de l'épée ressortait dans le dos de Shynosouké.

La mère saisie resta longtemps à regarder ces deux corps d'amants; alors de douleur et de détresse elle se tua elle-même dans la même chambre. Histoire vraiment triste et tragique.

VII

ILS S'AIMÈRENT

JUSQU'A L'EXTRÊME VIEILLESSE

Il y avait une petite boutique dans une rue du district Yanaka, à Yedo. Une mince pancarte était accrochée à l'entrée, sur laquelle on lisait : « Nous avons un remède contre les poils, il est également bon pour beaucoup d'autres maladies. » On y vendait aussi des cahiers pour les écoliers. Mais comme ils étaient écrits de la main d'un vieillard, personne ne les achetait. Un store en bambou pendait entre les paravents abîmés et salis. Le commerce était misérable et le propriétaire n'en tirait pas assez pour vivre. Un gracieux pin s'élevait au-dessus du toit incliné. Dans le jardin fleurissaient les chrysanthèmes d'été et un puit d'eau pure s'y trouvait avec un seau au bout d'une perche. Quelquefois des oiseaux venaient se poser sur le seau.

Le propriétaire de la boutique était un ancien samouraï. Il avait abandonné la carrière de samouraï alors qu'il était encore jeune. Il avait vécu de l'argent que lui rapportaient ses anciens vêtements et ses précieuses reliques de famille. Il n'avait qu'un seul ami intime, du même âge que lui ; très souvent ils jouaient ensemble aux échecs. Son seul compagnon était un petit chien. Il n'avait pas d'autres visites que quelques rares acheteurs. Une fois, après une chaude journée d'été, il avait enlevé ses habits, moites de sueur, et avait pris un bain dans son jardin. Son ami pleura en voyant ce vieux corps usé, il caressa tendrement ce pauvre dos voûté. La voix pleine de larmes, il dit en lavant le dos ridé et osseux de mon ami : « Un grand poète chinois dit dans son poème : « Un beau jeune homme chanta orgueilleusement la beauté de son corps en s'admirant dans un miroir. Mais c'était hier, et aujourd'hui, hélas, ce n'est plus qu'un pauvre vieux ravagé de rides, et sa tête est couverte de cheveux gris. » Voilà justement notre propre histoire. Nous avons chanté ensemble en nous tenant par la main sans souci, lorsque nous étions jeunes. Mais maintenant ce n'est plus qu'un souvenir lointain et qu'un rêve. » Alors les deux vieillards se prenant par la main versèrent des larmes de regret sur leur passé, pendant que l'eau chaude, dans le baquet, froidissait.

Ces deux hommes étaient nés dans la province de Tjikouzen, ils étaient samouraïs, le plus jeune s'appelait Mondo Tamashima. Il était réputé par la beauté de son visage. Plusieurs personnes le prenaient pour une jeune princesse. Le plus âgé s'appelait Hayemon

Toyoda. Il était un habile tireur. Il s'éprit de Mondo.
Mondo répondit à son amour sincère. Mondo avait
seize ans et Hayemon dix-neuf, quand commença
leur amour. Ils étaient profondément dévoués l'un à
l'autre et se promirent un amour plus profond que la
mer.

Mais un autre samouraï aimait Mondo. Il fut jaloux
de l'amour des deux amis et entreprit toutes sortes
de supercheries pour les calomnier. Il essaya de séparer
Mondo de Hayemon par l'entremise de personnes per-
fides. Mais par une nuit noire, les deux amants se rencontrèrent et tuèrent ces personnes pour se venger.
Ils s'enfuirent dans une barque et se cachèrent longtemps, puis atteignirent Yedo. Ils y vécurent comme
gardes, cachant leur vraie condition. Mondo avait
maintenant soixante-trois ans et Hayemon soixante-
six ans. Pendant tant d'années leur cœur n'avait pas
changé. Ils ne s'étaient jamais intéressés à une femme.
Ils avaient été d'authentiques amants pédérastes.
Hayemon continuait à considérer Mondo comme son
jeune amant. Il coiffait les rares cheveux de Mondo
de ses propres mains dans le style des coiffures de
pages, avec beaucoup d'huile parfumée. Le front de
Mondo était comme celui d'une femme. Il prenait
grand soin de sa personne. Il polissait ses ongles avec
un bois odorant et se rasait avec soin. Mais personne
ne se serait douté que ces deux vieillards avaient con-

tinué leurs rapports amoureux jusqu'à un âge aussi avancé.

La pédérastie doit être toute différente de l'amour ordinaire entre homme et femme, c'est pourquoi un prince, même quand il a épousé une belle princesse, ne peut oublier ses pages. La femme est une créature tout à fait sans importance, tandis qu'un sincère amour pédéraste est un vrai amour. Tous deux haïssaient la femme comme un vil vermisseau. Ils ne s'associaient jamais à leurs voisins, bien qu'ils fissent partie de cette vie terrestre. Quand les voisins se disputaient entre homme et femme et cassaient la vaisselle et les portes, les deux vieillards n'essayaient pas de les apaiser ; au contraire, ils encourageaient le mari, disant : « Homme, sois brave, fort, tue-la, bats-la à mort. Chasse-la de ta maison, et prends à sa place un joli homme. » Ils tendaient leurs poings vers la femme, et trouvaient le mari faible et sans courage.

Au printemps, le mont Ouyeno est peuplé de visiteurs qui viennent voir les cerisiers en fleurs qui les couvrent. A cette occasion les gens boivent d'excellents vins. Beaucoup s'enivrent. Quand ils passaient devant la maison de Hayemon, celui-ci distinguait les voix de femme, des voix d'homme.

Quand il entendait des voix d'homme, il se précipitait dehors, espérant voir quelque beau jeune homme.

Mais quand il entendait des voix de femme il fermait sa porte et restait tout à fait indifférent.

Un jour, il se mit à pleuvoir. Plusieurs femmes qui faisaient une partie de plaisir furent surprises par l'averse. Toutes se précipitèrent sous l'avant-toit de la maison de Hayemon. Elles bavardaient entre elles : « Si nous connaissions les habitants, nous pourrions nous faire offrir du thé et rester jusqu'au soir. Et peut-être on nous prêterait des parapluies. Bien plus, peut-être qu'on nous inviterait à un agréable souper. C'est bien dommage que nous ne soyons pas des amies de la maison. »

L'une d'elles, plus âgée, effrontée et sans scrupule, osa entr'ouvrir la porte et jeter un regard dans la maison.

Alors Hayemon furieux, saisit une tige de bambou et chassa la femme en criant : « Sors d'ici, vilaine femme... sorcière, empoisonneuse, hors d'ici. » Lorsque la femme terrifiée se fut sauvée il purifia la place avec du sel et du sable propre. C'est une ancienne coutume japonaise que de répandre du sel et du sable pour purifier un lieu souillé. Il n'y eut jamais, dans toute la grande ville de Yedo, plus féroce ennemi des femmes.

VIII

UN SAMOURAÏ DEVINT MENDIANT PAR AMOUR
POUR UN PAGE

Un jeune samouraï appelé Guzayemon Toyawa
habitait une maison à lui dans le palais de son maître,
près de Toranomon. Un jour qu'il était libre, il sortit
se promener, fatigué de sa solitude de célibataire.
Quand il était jeune, il était célèbre pour sa virile
beauté, alors qu'il habitait la ville de Matsouyama,
dans la province du sud Shikokou. Mais il avait quitté
son ancien maître et était venu à Yedo. Il y fut bientôt
engagé par un autre seigneur au même salaire que
celui qu'il recevait à Matsouyama. Sa maison se trouvait dans le district de Shibuya.

C'était le milieu du printemps, et il faisait délicieux. Il partit pour visiter le sanctuaire du dieu
Toudo, à Mégouro. En passant près d'une petite cas-
cade, dans le jardin du temple il vit un beau jeune
homme. Il portait un grand chapeau orné de soie et
maintenu par un ruban bleu pâle. Sa robe avec deux
larges manches était pourpre comme les glorieuses
fleurs du matin. Il portait dans sa ceinture deux

épées dans des fourreaux merveilleusement ornemen-
tés. Il se promenait doucement et tenait à la main
une branche de fleurs jaunes. Sa beauté était telle que
Guzayemon se demanda, un moment, si le dieu Roya
avait pris une forme humaine ou si une pivoine était
devenue vivante et se promenait sous le soleil prin-
tanier.

Il fut fasciné par le jeune garçon et le suivit.
Celui-ci était accompagné de deux courtisans rasés
et de plusieurs domestiques. Guzayemon pensa que le
jeune garçon était page favori de quelque noble prince.
Il était profondément troublé et le suivit.

Les deux courtisans rasés chantaient de gaies
chansons, car ils étaient un peu ivres. Le jeune garçon
se dirigea vers un palais où il entra par une porte sur-
montée de feuilles de paulownia, près du sanctuaire de
Korokou. Guzayemon s'enquit auprès d'un garde quel
était ce palais. Il apprit que le jeune garçon s'appelait
Shyoumé Okouyama et était le page favori de son
maître.

Guzayemon rêva du jeune garçon toute la nuit.
Le lendemain, il se tint devant la porte du palais,
espérant qu'il apercevrait le page. Mais en vain. De
retour à la maison il ne put fixer son esprit à son tra-
vail. Il prétendit donc être malade et se retira du service.

Alors il alla habiter une petite maison dans une

rue du district Kojimachi. Comme il disposait de tout son temps, il se rendit tous les jours devant la porte du palais, du vingt-trois mai jusqu'au mois d'octobre, mais jamais il ne revit le jeune homme. Il n'avait aucun moyen de lui envoyer une lettre d'amour et il souffrait cruellement de son amour jour et nuit.

Alors le maître du jeune page reçut de son Shyôgun la permission de retourner dans son pays. Et le vingt-cinquième jour fut fixé pour son départ. Guzayemon décida de suivre le page. Il vendit tout le mobilier de sa maison, ferma sa demeure et paya toutes ses dettes à l'épicier, au poissonnier et au marchand de vin. Il congédia son jeune domestique et suivit le train du seigneur.

La première nuit, celui-ci s'arrêta dans la ville de Kanayawa. Et le lendemain ils prirent leurs quartiers à Oysso. Ce soir-là le page visita la place historique, le Shigitatsousawa, dans une litière. Il ouvrit un peu la portière de sa litière et murmura le fameux poème de Saïgyô (un des plus grands poètes japonais parmi les prêtres bouddhiques) sur le palais :

Bien que j'aie renoncé à tout sentiment humain
Depuis que je suis un prêtre de Bouddha,
Je suis envahi d'une profonde tristesse,
Quand je me trouve ici à Shigitatsousawa,
Par un soir d'automne.

Guzayemon ne put regarder le jeune homme que de loin. Mais celui-ci aussi le regarda. Leurs regards se croisèrent. Mais ils furent aussitôt séparés. Et Guzayemon ne revit pas le page, jusqu'au jour où ils passèrent par un chemin rocheux au sommet du mont Outsounoyama. Guzayemon se tenait derrière un gros rocher sur le chemin. Il jeta un regard dans la litière du jeune homme et malgré lui se mit à pleurer d'émotion. Le jeune homme tourna son gracieux visage vers lui. Alors Guzayemon s'enflamma d'amour plus que jamais.

Il ne le revit pas avant d'atteindre la ville de Tsouyama dans la province Mimasaka. Là Guzayemon put à peine apercevoir le page. C'était la dernière chance. Le seigneur arriva sain et sauf dans la province Yezumo. Et Guzayemon s'y fit laboureur pour gagner sa vie, parce qu'il avait dépensé tout son argent pendant le long voyage de Yedo à Yezoumo.

L'année suivante le seigneur repartit vers Yedo pour faire sa cour au Shyôgun en avril. Guzayemon partit encore à sa suite. Mais il ne vit le page que trois fois pendant le long trajet. Un jour dans le bac de Kouwana, la seconde fois sur la route inclinée de Shihomizaki, et la dernière fois dans le bosquet de Souzouga, tout près de Yedo. Alors le seigneur resta toute une année à Yedo.

Guzayemon se rendait tous les jours au palais dans

l'espoir d'apercevoir le jeune garçon. Avec la vie si dure qu'il menait, tout son raffinement et ses apparences distinguées avaient disparu. Il était hagard et misérable. Personne n'aurait pu deviner en lui un samouraï déchu dont la beauté avait été célèbre autrefois. Sa santé aussi s'altéra.

L'année d'après il suivit encore le seigneur de Yedo à sa province. Guzayemon avait l'air d'un mendiant tant il avait souffert. Ses habits avaient plus d'un trou, ses manches s'étaient détachées. Mais il gardait ses deux épées qui sont l'âme du samouraï.

Dans le faubourg d'une ville appelée Kanaya, il aperçut la litière du page. Et Shyoumé vit Guzayemon de sa litière et comprit que Guzayemon était épris de lui. Il fut profondément touché d'un pareil attachement et désira lui parler. Il sortit donc de sa litière tandis que le train s'était arrêté un petit instant sur le mont Sayono Nakayama. Il resta debout à attendre que Guzayemon s'approche. Mais Guzayemon était trop loin pour pouvoir s'approcher. Ils ne se virent donc pas encore cette fois-là.

Et Guzayemon ne le vit plus pendant tout le voyage, mais il ne cessa de penser à lui.

Les pieds de Guzayemon étaient abîmés jusqu'au sang par ce long voyage. Il n'avait plus d'argent et finit par devenir un mendiant au bord de la route. Mais il s'accrochait désespérément à sa vie misérable.

Il protégeait son corps de la pluie, de la neige et du vent par un mince chapeau de roseau et une robe tressée d'herbes. Il frissonnait quand soufflait un vent froid. Pendant le jour il se tenait dans une misérable cabane à toit de chaume dans un champ. Et le soir, quand Shyoumé retournait au palais de son maître chez lui, Guzayemon se tenait près de la porte du palais et se consolait en voyant de loin son cher Shyoumé.

Par un soir pluvieux, Shyoumé appela son domestique Kouzayemon, parce qu'il se sentait très seul et ennuyé après son service de la journée. Il dit à Kouzayemon : « Je suis né d'une famille de samouraïs. Je n'ai encore jamais tué de mon épée un homme vivant. Il faut que je m'y exerce dans le cas d'une bataille. Je ne peux pas être un bon guerrier si je ne m'exerce pas dans l'art de tuer. Kouzayemon, je voudrais essayer ce soir de tuer un homme vivant. » Le domestique l'admonesta : « Cher maître, vous êtes un excellent escrimeur, vous êtes très expert en armes. Vous n'êtes inférieur à aucun des jeunes courtisans de ce clan. Vous n'avez rien à craindre pour l'escrime, rien du tout. Le ciel vous punira si vous tuez un homme vivant sans raisons suffisantes, seulement par caprice. Je vous en prie, attendez une occasion plus sérieuse pour exercer votre art. »

Shyoumé lui expliqua : « Je ne veux pas tuer un

homme honorable, cher Kouzayemon. Il y a là un mendiant près du fossé du carrefour. Il a vraiment l'air misérable. Il ne doit pas aimer la vie. Demande-lui de me donner sa vie, quand j'aurai satisfait tous ses désirs. » Le domestique répondit : « Même dans cet état misérable, il ne voudra pas mourir. » Mais il se rendit auprès du mendiant et lui dit : « Cher ami, j'ai une faveur à te demander. Cette vie humaine est bien vaine, comme tu le sais. Elle est aussi incertaine qu'une des pluies de ce soir. On ne peut savoir combien de temps cela durera et quand cela cessera. Tu es arrivé à un état vraiment lamentable. Je pense que la vie ne t'offre pas beaucoup de plaisir. Mon jeune maître m'a ordonné de te demander si tu voulais lui donner ta vie pour mourir par son épée, parce qu'il désire exercer son art d'escrimeur sur une personne vivante. Mais, avant de te tuer, il te laissera vivre trente jours. Pendant ce temps il te fera vivre splendidement. Il engagera un prêtre pour te faire de belles funérailles. Qu'en penses-tu ?... »

Le mendiant répondit : « Je sais que je ne vivrai pas jusqu'au printemps prochain. Et chaque nuit je souffre à cause de l'air froid. Je n'ai pas d'amis. Personne ne s'informera de ce que je suis devenu. Je suis tout prêt à me faire tuer par ton maître. »

Le domestique l'amena alors à son maître, supportant, de ses mains, son corps faible et tremblant.

Il fit part à Shyoumé du succès de sa demande. Ils lui firent d'abord prendre un bain pour le laver. Puis ils lui donnèrent quelques vêtements propres et le gardèrent dans la chambre des serviteurs. Puis ils le nourrirent pendant dix jours des plats les plus délicieux, ainsi que le mendiant l'avait demandé.

Puis le soir fixé, il était déjà tard, les domestiques menèrent le mendiant à un endroit écarté du jardin de Shyoumé.

Shyoumé lui demanda en regardant cette pâle figure hagarde : « Veux-tu vraiment me faire don de ta vie ? »

Le mendiant tendit son cou pour recevoir la blessure mortelle : « Je suis tout prêt, seigneur, coupe-moi la tête. » Shyoumé releva sa jupe pour être plus libre dans ses mouvements, et se dirigea sur lui en brandissant son épée. Il en donna un coup au mendiant, mais ce coup ne le blessa pas du tout, car l'épée était tout émoussée du bout. Le mendiant et le domestique en furent très surpris. Alors Shyoumé renvoya tous ses serviteurs et ferma la porte du jardin. Il était seul maintenant avec le mendiant. Il emmena Guzayemon dans sa chambre et lui dit : « Je reconnais ta figure, tu as dû être samouraï. » Mais le mendiant nia.

Shyoumé insista : « Tu mens. Je sais que tu m'aimes ardemment, ouvre-moi ton cœur, ne me le cache pas. Si tu gardes ton secret maintenant, quand veux-tu me le dire, et à qui, si ce n'est à moi ?... Ou bien me suis-je trompé en croyant que tu m'aimais ? »

Le mendiant sortit de son sein un petit paquet. Il était enveloppé d'une écorce de bambou. Guzayemon l'ouvrit, — il en retira une bourse en soie d'or. Il l'offrit à Shyoumé en disant avec des larmes : « Mon cœur est enfermé là. » Shyoumé l'ouvrit et en sortit soixante feuillets de mince papier, sur lesquels Guzayemon avait écrit l'histoire de son amour, depuis le premier jour où il avait vu Shyoumé près de la châsse du dieu Foudo, jusqu'au dernier jour qu'il avait attendu devant la porte.

Shyoumé en lut cinq pages, puis il remit soigneusement les feuillets dans la bourse, et la bourse dans sa poche. Puis il rappela ses domestiques, et leur ordonna de garder Guzayemon. Le lendemain matin, il se rendit chez le seigneur et lui dit : « Seigneur, un homme s'est follement épris de moi, je ne peux pas avoir la cruauté de le rejeter. Mais si j'accepte son amour, je te désobéis à toi, seigneur, et je me montre ingrat envers toi. Je ne sais que faire, je n'ai aucune idée ; seigneur, je t'en prie, tue-moi avec ton épée et délivre-moi de ce dilemme. »

Le seigneur lui demanda les détails de l'histoire. Shyoumé lui présenta les papiers écrits par Guzayemon et le seigneur les lut en secret dans sa chambre.

Puis il fit rappeler Shyoumé et lui dit de retourner chez lui et d'attendre ses ordres, jusqu'à ce qu'il eût bien pesé sa décision. Shyoumé répondit : « Mon amant est dans ma maison, et si tu me renvoies chez moi je l'aimerai. Laisse-moi mourir ici par Harakiri. »

Après un peu de réflexion, le seigneur condamna Shyoumé à une réclusion dans sa propre maison. Alors Shyoumé retourna chez lui rapidement, fit prendre à Guzayemon les vêtements d'un vrai samouraï et lui donna deux épées. Shyoumé et Guzayemon s'aimèrent alors follement et ardemment, pensant être condamnés à mort à tout instant par ordre du maître. Ce fervent amour, au prix de leur vie, était osé et audacieux. Mais après vingt jours le seigneur pardonna à Shyoumé, et il lui donna vingt vêtements d'homme et beaucoup d'argent. Il dit à Shyoumé : « Renvoie ton samouraï à Yedo. »

Shyoumé fut très reconnaissant de la grâce et de la bonté de son seigneur, et sans attendre le lendemain matin il prépara le départ de Guzayemon.

Lorsqu'il fut arrivé dans la province de Yedo, Guzayemon renvoya tous les hommes de Shyoumé qui l'avaient accompagné. Au lieu d'aller à Yedo il se rendit sur la haute montagne de Katsororaju, dans la province de Yamato. Il y vécut en ermite, restant sur la montagne et ne voyant jamais personne. Il se fit appeler Mougento (prêtre de rêve). Il coupa ses cheveux. Il passait ses journées entières à regarder couler des rochers les fraîches sources printanières près de sa demeure.

IX

UN ACTEUR AIMA SON MAITRE
MÊME DEVENU MARCHAND DE PIERRES

Il était une fois un célèbre acteur de rôles féminins, nommé Sennodjyo. Il avait débuté sur les planches
à quatorze ans. Il était si populaire que même encore
à l'âge de quarante-deux ans on aimait le voir jouer
des rôles féminins. Son plus grand succès était le
drame appelé : *En allant à Kawachi à un rendez-vous.*
La représentation de ce drame dura trois années à
Yedo.

Mais, un automne, il y eut à Yedo une épidémie
de la maladie de la moelle épinière. Sennodjyo en fut
frappé aussi. Son dos devint voûté et difforme et il
perdit tout à fait la grâce de son corps. Mais il était
très habile et très intelligent, et n'en perdit pas pour
cela sa popularité. Beaucoup de patrons avaient même
de la peine à l'avoir pour leurs représentations gaies,
car, quand il avait bu un peu, ses joues devenaient
rosées et cela lui donnait un tel charme que beaucoup
d'hommes s'éprenaient de lui. Beaucoup de prêtres
fameux même perdirent la tête pour lui. Ils dépensaient tant d'argent pour l'avoir, qu'ils étaient obligés

de vendre les précieuses reliques de leurs églises, afin d'avoir l'argent nécessaire pour le rencontrer. Quelques-uns même étaient si fous qu'ils vendaient les arbres sacrés des forêts sacrées. Alors on les chassait de leur église et ils devenaient des mendiants. Beaucoup de clercs aussi dépensaient l'argent de leurs employeurs pour voir Sennodjyo, et ruinaient leurs patrons.

Un jour qu'il était encore jeune, Sennodjyo sortit son journal d'un petit coffret secret. Ce journal était intitulé : *Mes expériences avec beaucoup d'hommes.* C'étaient des notes très intéressantes. Il se mit à les relire. Il y avait noté toutes ses impressions, du premier jour, avec des gens très différents. Quelquefois, il se rendait dans la chambre d'un samouraï. Il apaisait quelque démon comme un homme en colère, par une simple caresse de la main. Il faisait des fermiers des hommes raffinés ou des prêtres. En un mot il maniait ses différents patrons à son gré. Il ferma son journal avec un sourire. Mais il songea soudain à un de ses patrons qui lui était très dévoué. Sennodjyo ne savait pas où il était. Ce soir-là un vent violent se mit à souffler et la neige se mit à tomber. Déjà les montagnes au nord de Kyoto, étaient couvertes de neige. Un homme d'aspect misérable se tenait sous le pont de Gojyo. Il vivait sur ce rivage de la rivière Kamo. Il y dormait la nuit. Le matin il rassemblait les pierres

de la rivière Kourama et les vendait à Kyoto, comme
pierres à fusil. Celles qu'il n'avait pu vendre, il les
jetait le soir. Sa vie était très misérable sous ce pont.

Il avait été autrefois un des hommes riches de la
province Owari. Il s'était même adonné à la pédérastie. Il avait écrit un livre de quatre volumes, intitulé : « Les recueils d'histoires pures comme le cristal. »
Dans ce livre, il avait noté tous les actes et gestes de
Sennodjyo, tout ce qu'il pouvait en apprendre dans
tous ses détails. Il y parlait même d'une petite chose
insignifiante, comme petite tache noire sur son dos.
Il avait aimé Sennodjyo de tout son cœur depuis la
première fois que celui-ci était apparu sur les planches.
Mais, quelque temps après, il s'était lassé de tous les
biens terrestres, alors il se cacha loin de la société.
Sennodjyo était très triste de ne pouvoir le retrouver.
Il regretta toujours amèrement la disparition de son
patron. Quelqu'un lui apprit qu'il vivait misérablement sur la rive du Kamo. Sennodjyo se mit à pleurer
et dit : « Vraiment la destinée de l'homme est bien
variable. S'il m'avait fait connaître sa situation
actuelle, je ne l'aurais pas laissé dans une telle misère.
Je lui ai écrit beaucoup de lettres à sa maison d'Owari.
Mais il ne m'a jamais répondu. Alors, je crus avec chagrin qu'il m'avait oublié, ainsi qu'il nous arrive souvent, à nous, pauvres acteurs. »

Cette nuit-là, Sennodjyo reçut avec une extrême

amabilité ses patrons dans la maison de thé, puis à l'aube il se rendit au bord de la rivière Kamo à la recherche de son ancien patron. Il était parti seul, sans domestique ; il longea la rive qui était pleine de graviers et de pierres, pendant que la rivière coulait à côté de lui.

Finalement il atteignit le pont et appela : « Sambokou, mon cher patron d'Owari. » Mais personne ne répondit à son appel. On était le vingt-quatre novembre. Il ne faisait pas encore très clair et il ne pouvait pas distinguer les visages de ces misérables qui couchent sous les ponts. Il y avait là beaucoup de mendiants et de vagabonds.

Alors Sennodjyo se souvint que son patron avait une petite cicatrice sur la nuque. Il se mit donc à examiner attentivement tous les dormeurs. Après de pénibles recherches, il retrouva son homme. Il lui dit : « Vous êtes cruel. Je vous ai appelé si souvent, mais vous n'avez jamais répondu. » Et il versa bien des larmes de pitié et de joie d'avoir retrouvé son ancien amant. Il bavarda avec lui pendant un moment, des jours passés et de leur amour. Pour se réchauffer, car la brise matinale était fraîche, Sennodjyo versa à boire le vin qu'il avait apporté, et tous deux burent. Lorsque le ciel se fut éclairé à l'est, il put distinguer les traits de son ancien amant. Celui-ci avait perdu tout raffinement. Sennodjyo en fut très triste. Il caressa tendrement ses pieds couverts de gerçures, et Sennodjyo coucha avec lui sous le pont.

Lorsque le jour vint et que les gens se mirent à passer sur le pont, le moment vint où on annonçait le programme du théâtre. Sennodjyo fut obligé de s'en retourner secrètement, car il ne pouvait rester là à la vue de tout le monde. Il dit au vieillard : « Je t'en prie, attends-moi ici ce soir, je viendrai te prendre pour t'emmener chez moi. » Mais le vieillard n'eut pas envie d'accepter la proposition de Sennodjyo. Cette rencontre avec son ancien amant l'ennuyait plutôt. Il désirait continuer sa vie simple, sereine et obscure. Et il disparut.

Sennodjyo le chercha dans tout Kyoto. Mais en vain. Il collectionna toutes les pierres à fusil que son amant avait laissées, il en fit un tombeau parmi les bambous, dans un coin du champ de Nii-Kamano à Higashiyama. L'arbre préféré de son amant était le paulownia. Il en planta donc un à côté de la tombe. Il engagea un prêtre qui vécut dans une petite cabane près du tombeau et pria pour l'âme de l'amant et pour l'âme de Sennodjyo. Les gens appelèrent ce tombeau : « Le nouveau tombeau de l'amour. »

LETTRE D'UN PRÊTRE BOUDDHIQUE ANNON-ÇANT A SON AMI LA VENUE DE SON AMANT

« Cher ami en l'enseignement bouddhique :

Les cerisiers en fleurs de Kyoto m'ennuyaient tant, que j'ai quitté la capitale le printemps dernier. Je t'envoie cette lettre par un homme qui va visiter la capitale. J'espère que tu te cultives pour notre religion sans être troublé dans ton église.

Ma cabane doit être devenue un rendez-vous de souris et de rats depuis que personne ne s'en occupe plus. Mais il n'y reste pas un seul morceau de poisson pour plaire à ces hôtes. Tu peux rire de ma pauvreté, cher ami ; personne ne regrettera les chrysanthèmes quand ils se faneront dans mon jardin. Mais si par hasard tu passes près de ma cabane, entres-y et laisses-y entrer les personnes fatiguées qui passent devant, puisque je t'ai donné la clef. J'ai enterré des noisettes et des pommes de terre sous la porte nord, sers-t'en, car elles seront gâtées sans cela. M. Take-naka m'avait envoyé ces provisions et je n'aime pas les gâcher.

Et maintenant, je vais te parler de moi-même.

Comme tu sais, ma maladie chronique, incurable, est de m'éprendre de quelque joli garçon. Et, je te l'avoue, j'ai un amour avec un ravissant garçon ici et j'hésite à retourner à Kyoto.

L'année dernière, après avoir quitté la capitale, je me suis rendu chez mon ami à Okayama, province de Bizen. Il m'a très hospitalièrement reçu, mais je m'y suis vite ennuyé. J'ai donc passé en bateau dans la province de Higo. J'ai là un camarade poète, c'est un prêtre du temps de Kiyomasa. J'ai demeuré chez lui.

Un soir, j'étais dans son merveilleux jardin, jouissant de la brise fraîche après une chaude journée. Un ruisselet artificiel coulait entre des pierres de fantaisie et des collines improvisées couvertes de gazon. Le paysage ressemblait à l'habitation de quelque ermite montagnard, amoureux de beautés spirituelles et de plaisirs de l'esprit pur. Alors un faible chant de coucou s'éleva du feuillage épais des pins prodigieux qui se dressent derrière le temple. La voix était si pure et poignante que je crus n'en avoir jamais entendu d'aussi belle à Kyoto. Je pensai qu'un coucou, chantant le soir en un lieu aussi saint que le temple de Kiyomasa, ferait un beau sujet de poésie. Je commençai à composer un poème dans mon esprit. Je supputais les rimes et l'arrangement des syllabes.

Alors sortit du temple toute la suite du grand-prêtre. Parmi le peuple marchait un très beau page. Il avait à peu près seize ans. Il était si joli qu'il me sembla n'avoir jamais vu personne aussi charmante et élégante, même dans la florissante capitale. J'étais vraiment surpris de voir un aussi joli page dans une contrée aussi retirée que la province occidentale de Higo. J'en fus très troublé ; autrefois j'avais été très fatigué de toutes les somptuosités de la vie artificielle de notre capitale, mais en ce moment, dans cette contrée éloignée, je rencontrais une tentation qui dérangeait toute ma paix intérieure. Mon âme fut toute bouleversée, mon cœur se mit à battre violemment de désir. Lorsque le grand-prêtre quitta le temple après avoir fait un service, je guettai le page derrière une porte-paravent. Chaque minute augmentait mon amour. Je demandai à mon ami quel était ce joli page. Il me dit que c'était le second fils d'une famille noble, et que ses parents l'avaient confié au grand-prêtre, parce qu'il voulait devenir prêtre et renoncer à tous les biens de ce monde.

Mon amour devint si violent, qu'il me sembla que mon âme se brisait en mille morceaux. En vérité, mon âme était déchirée. Je perdis mon calme. Je me fis de graves reproches, en vain ; je ne pus oublier le beau jeune homme. Alors, dans mon désespoir, sans tenir compte de l'opinion de mon ami, j'écrivis une lettre d'amour au page, plaidant la cause de mon âme désespérée. J'espérais être calmé si seulement il avait connaissance de mon amour, sans aller jusqu'à me le rendre.

Voici ma lettre :

« Cher royal seigneur,

Je vous ai vu hier soir lorsque vous traversiez le jardin à la suite du grand-prêtre. Votre beauté m'a ému. Vous êtes si beau, que les plus réputées beautés de la Chine, tels que Taitjio, Token (les plus beaux jeunes gens), Mme Hi ou l'impératrice Yo ne peuvent vous surpasser en beauté. Je suis un prêtre, mais, hélas, je suis aussi un homme avec ses passions. Je vous confesse que je vous aime de toute ma personne; seigneur, je suis un humble prêtre, insignifiant, de passage dans cette province. Vous êtes de famille noble ; aspirer à votre amour est une chose impossible pour moi, aussi irréalisable que de grimper au ciel sur une échelle. J'admets qu'il est bien impudent de ma part de vous aimer, mais je vous écris parce que j'espère être satisfait et content, rien qu'en vous laissant connaître que je vous aime. Je suis comme une mouche dans la toile de l'araignée, je suis sans aide. Je vous apporte mon cœur dans une phrase malhabile.

Depuis que je vous ai vu, mon cœur ne cesse de battre violemment. Quand je suis seul, des larmes brûlantes coulent sur mes joues. Je souffre un réel tourment, mes paroles dans cette lettre sont toutes confuses.

Votre visage et toute votre personne sont si raffinés et si élégants ; j'ai entendu dire que vous étiez la fleur la plus magnifique des provinces occidentales. Mais à moi, vous semblez le plus précieux joyau du monde. Vraiment votre beauté surpasse toutes les fleurs de ce monde. Vous êtes pour moi une beauté aussi princière que l'impératrice Seishi ou la célèbre poétesse Komachi, ou le jeune Youkishira, ou le nouveau-né Narihira (1). Je ne peux pas vous oublier, même dans mon sommeil. Quand je suis réveillé, je suis tourmenté. J'ai prié le dieu Fouyisaki d'avoir pitié de mon misérable amour. J'ai envie de me noyer dans la rivière Kikoutji pour mettre un terme à mon agonie. Je suis prêt à sacrifier ma vie pour un soir d'amour avec vous. Un soir d'amour avec vous est plus précieux qu'une vie de mille années. Je ferai avec joie tout ce que vous me commanderez. Plutôt vivre une demi-heure que de traîner cent ans une vie misérable. Du matin au soir, et jour et nuit, votre visage ne me quitte plus. Et je souffre mille morts d'amour pour vous. Je suis misérable et maudit par un cruel Karma. »

(1) Ces deux derniers étaient réputés pour la beauté de leur visage et leur talent poétique. Ils étaient frères et d'une famille noble.

Mais, cher ami, je suis béni, il a lu ma lettre et m'a envoyé une si gentille réponse. Oh, qu'il est gentil et sympathique ! Je suis heureux et content, je suis l'homme le plus heureux sous le soleil. Je ne peux pas assez parler de sa gentillesse, il est vraiment bon. C'est tout ce que je peux dire maintenant. Bientôt, dès qu'il en aura l'occasion, il viendra chez moi et passera toute une soirée avec moi. La seule chose qui m'ennuie, c'est que la date ne soit pas encore fixée. L'attente de ce jour est la souffrance de tous les amoureux, je le sais. Je me console en me le répétant.

Je voudrais pouvoir te montrer le noble jeune homme. Son nom est Ainémé Okayima. Quand il viendra me voir, nous boirons du vin ensemble, et nous aurons une gentille conversation tout seuls à nous deux. Ce soir-là, je voudrai que la nuit dure toujours et que jamais ne vienne l'aube pour finir notre rencontre. C'est tout ce que je peux te dire jusqu'à présent. Rien d'autre. J'espère être plus calme et mieux équilibré après l'avoir vu.

Jusqu'à ce jour, adieu, cher ami,

De ton ami au loin. »

ENFIN RÉCOMPENSÉ DE SA CONSTANCE

Quand Hideyoshi gouvernait le Japon, après que se fut éteinte la dynastie Ashikaya, il résidait à Foushimi. Tous les seigneurs et princes de toutes les provinces du Japon étaient obligés de vivre auprès de lui.

Dans ce temps-là, le seigneur de la province Izoumi avait un page du nom d'Inosouké Mourola, très beau et très brave. Il était gracieux et délicat comme une fleur de cerisier, mais son âme était intrépide comme le dieu de la guerre. Au premier aspect, on pouvait le prendre pour une charmante princesse de sang royal. Le seigneur le préférait à tous ses autres pages. Mais un autre page était jaloux des faveurs accordées à Inosouké. Il fit un rapport des scandales d'Inosouké, complètement faux, et l'écrivit sur un papier qu'il laissa dans la salle du palais. Le surveillant du palais trouva le papier. Il l'apporta au seigneur comme c'était son devoir de lui rapporter toutes affaires, même insignifiantes. Le seigneur fut indigné des scandales de son favori. Il fut si furieux qu'il chassa Inosouké de son service, sans s'informer si les dénoncia-

tions étaient fondées. Il exila Inosouké hors de Foushimi sans lui donner aucune raison de sa disgrâce.
Il ordonna à ses courtisans de le surveiller sévèrement
et de ne pas lui laisser faire un pas hors de sa maison.
Inosouké, victime d'une fausse accusation, fut con-
finé dans une petite maison avec sa vieille mère, étroi-
tement surveillé par des gardes. Les portes étaient
fermées ; même ses parents n'avaient pas le droit de
venir le voir...

Sa mère et lui ignoraient complètement la cause
de leur disgrâce. Inosouké ne put donc commettre le
Hara-kiri, qui eût été la seule solution pour un samouraï réduit à un aussi triste sort. Tous ses domestiques,
soucieux de leur seul intérêt, l'abandonnèrent l'un
après l'autre, craignant de se faire tort en restant
auprès d'un samouraï disgracié.

Alors vinrent des temps très durs pour Inosouké
et sa mère. Celle-ci, triste du chagrin de son fils, cui-
sait les repas, ce qu'elle n'avait jamais fait. Et le fils
était peiné de voir sa mère obligée de faire d'aussi vils
travaux de servante. Il allait chercher l'eau à un puits
dans le jardin, et l'aidait à la cuisine. C'est ainsi qu'ils
vivaient misérablement.

Les jours passèrent, les mois aussi, les années
même s'écoulèrent et les printemps revinrent. La mère
et le fils s'étonnaient de la rapidité du temps. Puis
leurs moyens d'existence diminuèrent ; ils vendirent

leurs derniers objets. Finalement, ils furent à bout de ressources.

Un soir, désespérée, la mère dit à son fils : « Cher Inosouké, nous n'avons plus de quoi vivre. Continuer cette existence, c'est seulement faire durer notre souffrance. Je pense qu'il vaut mieux mourir que de rester dans cet état pitoyable. Et même si je ne meurs pas avec beauté en me suicidant, ce n'est pas une honte, car je suis une vieille femme ; mais toi, tu es un jeune samouraï : il faut que tu meures honorablement ; sois courageux, mon fils : meurs le premier, je te suivrai aussitôt. »

Inosouké lui répondit calmement : « Oui, mère. » Il coiffa ses cheveux, découvrit sa poitrine et s'assit avec sérénité sur une natte.

Déjà il tenait le poignard dans sa main et s'apprêtait à se tuer, lorsque se faufila dans la cabane un petit chien qui semblait appartenir à quelque bonne famille. Il était blanc, avec quelques taches noires. Au cou, il avait un collier avec une petite sonnette. Il portait attachés à son cou deux paquets entourés de papier. Il remua la queue très familièrement et s'approcha d'Inosouké comme s'il voulait lui parler.

La mère étonnée dénoua les paquets et les ouvrit. L'un contenait des provisions, et un petit billet sur lequel était écrite cette phrase : « Il est facile de mourir. » — Dans l'autre paquet se trouvaient des douceurs et un autre billet avec cette phrase : « Mais il est plus difficile de vivre pour l'honneur. »

Ainsi quelqu'un leur envoyait de l'aide au moment où ils désespéraient. La mère et le fils réfléchirent : qui pouvait être cette personne au monde qui leur voulait du bien ? Quelqu'un au moins connaissait leur injuste disgrâce. Ils résolurent de vivre encore un peu et ils s'arrêtèrent de mourir. Ils caressèrent le chien qui en fut très content et se sauva par une fente du mur.

Puis, tous les soirs et tous les matins, le petit chien fidèle revint leur apporter à son cou de quoi subsister.

Deux années passèrent ainsi, il y avait maintenant plus de cinq ans que le seigneur les avait exilés et confinés dans cette hutte. Inosouké en était triste jusqu'à la mort, et il en tomba malade. Mais le ciel bienveillant veillait sur eux. Le seigneur s'attendrit enfin et les délivra de cette longue disgrâce. Inosouké remercia le seigneur et lui demanda la raison de ce châtiment.

Le seigneur lui montra le papier qu'il avait gardé et qui racontait ses scandales. Inosouké devina aussitôt qu'un autre page, nommé Naminojyo Toyoura, avait conspiré pour le dénoncer à son maître, parce qu'il était jaloux de lui. Et celui qui avait écrit le faux récit des scandales était un professeur d'escrime du peuple, qui s'appelait Kenpatji Iwasaka. Tous deux furent exécutés cruellement. Le seigneur regretta

d'avoir si longtemps et si injustement puni Inosouké.
Il en fit un samouraï et lui confia la charge de garde
des sceaux. Ainsi l'honneur d'Inosouké fut sauf. Les
gens l'aimèrent et l'honorèrent plus encore qu'autrefois.

Alors il retourna dans sa province et appela tous
ses parents pour leur demander quelle était la personne charitable qui avait envoyé le chien les récon-
forter, lui et sa mère, alors qu'ils étaient dans le désespoir. Mais ce n'était aucun d'eux. Et Inosouké con-
tinua à rechercher son bienfaiteur.

Un jour, pendant qu'il se promenait dans le quar-
tier des résidences des samouraïs, il aperçut le chien
qui l'avait visité dormant devant la porte d'une maison. Inosouké fut heureux de retrouver ainsi la trace
de son bienfaiteur. Un passant l'informa que c'était
la maison de Shibei Okazaki, l'un des principaux offi-
ciers du seigneur. Alors Inosouké se souvint que Shibei lui avait voué un fervent amour. Inosouké ne
l'avait pas oublié bien qu'il fût aimé de son seigneur.
Inosouké pensait : « Je ne dois jamais oublier ce qu'il
a fait pour moi pendant ma longue disgrâce. Je ne
pourrais le payer de retour, même en sacrifiant ma
vie pour lui. Si quelque chose lui arrive, je l'aiderai
de ma vie, je le jure sur mon honneur de samouraï. »

Ce soir-là, Inosouké fit appeler Shibei. Et quand
Shibei arriva, il le remercia avec des larmes. Lorsque

sa mère se fut retirée dans sa chambre, Inosouké et Shibei eurent un très doux et très cordial entretien. Inosouké demanda comment le chien connaissait la maison et la fente par où pénétrer. Shibei lui dit : « Lorsque tu fus dans cette province avec ton maître, je ne pouvais refréner mon amour pour toi, et presque chaque nuit je venais devant ta maison. Mais je n'avais pas le courage d'entrer pour te voir, parce que tu étais le favori de notre seigneur. Je me tenais seulement devant ta maison. Je satisfaisais mon ardent amour rien qu'à entendre le son de ta voix ou à t'apercevoir. Mon chien me suivait toutes les nuits, et c'est ainsi qu'il apprit à connaître ta maison et que je pus l'envoyer à ton secours. »

Inosouké rougit de plaisir, devant la dévotion de Shibei. Il dit : « Je suis bien triste de n'avoir pas pu répondre à ton amour à ce moment-là. Mais mon seigneur m'aimait. Maintenant je suis libre de t'aimer. Mais je ne suis plus le joli page d'alors, lorsque tu m'aimais d'un amour si profond. Je suis une fleur flétrie maintenant. Mais pourquoi regretter le temps passé : Je suis devenu un samouraï, et plus un jeune page, mais j'ai le même cœur pour toi. Aime-moi si tu peux avoir le même amour qu'autrefois. Je serai heureux d'être aimé par toi. » Et Inosouké s'habilla de son ancienne robe de page à longues manches, qui n'allait plus à un adulte, mais il voulait rappeler les jours passés. Et Inosouké et Shibei passèrent la nuit ensemble dans la chambre d'Inosouké ; et dans leur murmure d'amour Inosouké disait à Shibei : « Je n'ai que vingt et un ans » bien qu'il fût âgé de vingt-deux ans. Un Samouraï ne doit jamais rien cacher, mais il faut excuser Inosouké de son mensonge, car il était vraiment épris de son ancien admirateur et ne pouvait dire la vérité sur son âge. Même un brave et vaillant samouraï devient faible quand il aime, car l'amour est la plus grande puissance qui régit ce monde.

XII

IL SE DÉBARRASSE DE SES ENNEMIS
AVEC L'AIDE DE SON AMANT

Tous les ans, les arbres se couvrent de fleurs comme les années précédentes. Mais l'homme ne peut garder son jeune visage. La beauté des jeunes garçons s'évanouit dès qu'ils deviennent des hommes, que la boucle de leur front est coupée et qu'ils revêtent des robes à manches courtes. L'amour avec les jeunes garçons n'est donc qu'un rêve passager.

Jinnosouké Kasouda, deuxième fils d'un courtisan du seigneur de la province Izumo, était un beau jeune homme. Il excellait en escrime et avait une connaissance approfondie de la littérature classique. Beaucoup d'hommes étaient attirés par sa beauté. Quand ils se réunissaient autour de la châsse de Ooyashiro, ils parlaient de lui et étaient d'accord pour trouver qu'il n'y avait pas plus beau garçon dans toutes les provinces du Japon. Mais Jinnosouké avait déjà engagé son amour à un courtisan du seigneur. Le nom de son amant était Gonkouro Moriwaki, excellent samouraï de vingt-huit ans. Il s'était épris de Jinnosouké alors que celui-ci n'avait que treize ans.

Il avait fait d'abord la connaissance du domestique de Jinnosouké, nommé Dengoro. Pour éviter les bavardages des gens, il avait mis sa lettre d'amour dans la bouche d'un gros poisson pour l'envoyer à Dengoro. Le lendemain matin, comme Dengoro coiffait son maître et que Jinnosouké semblait être de bonne humeur, il lui donna la lettre et lui apprit combien Gonkouro souffrait de l'aimer.

Jinnosouké sans ouvrir la lettre écrivit rapidement une réponse à Gonkouro et dit au domestique : « Il est très dur d'attendre quand on aime, va donc de suite porter cette lettre à Gonkouro. » — « Vous êtes vraiment digne d'être aimé, maître », dit le serviteur et il courut chez Gonkouro lui porter la lettre. Il dit à celui-ci que son maître lui voulait du bien. Gonkouro lut la lettre en pleurant de joie, cette lettre disait : « Votre sincère amour me remplit de gratitude. Mon serviteur m'a dit ce matin combien vous souffriez à cause de moi. Moi aussi je vous aime. Soyons amants à partir d'aujourd'hui, sans nous préoccuper de l'opinion. » C'est ainsi que les deux samouraïs commencèrent à s'aimer, en l'été de la quatorzième année de Jinnosouké.

Ils tinrent leur amour secret, et personne ne les soupçonna, bien que leur amour durât jusqu'à l'automne de la seizième année de Jinnosouké.

Mais à cette époque un samouraï officiel et de

petite noblesse, nommé Ibeï Hanzawa, s'éprit de Jinnosouké et lui envoya plusieurs lettres d'amour par son serviteur Suizayemon. Jinnosouké renvoya toutes les lettres sans en lire une seule. Alors Ibeï exaspéré écrivit à Jinnosoké une lettre furieuse : « Tu as insulté mon amour, simplement parce que je suis un samouraï de simple condition : je suis sûr que tu as un amant. Dis-moi qui il est. Si tu refuses de me dire son nom, je me battrai avec toi où que je te rencontre, pour venger mon honneur de samouraï que tu as flétri. » Il aurait donné sa vie par orgueil et dépit. Jinnosouké raconta toute l'histoire à Gonkouro bien que jusqu'alors il l'eût tue à son ami pour ne pas le troubler inutilement. Jinnosouké voulait avertir son bien-aimé Gonkouro. Celui-ci, étant son aîné, était plus averti. Il conseilla à Jinnosouké : « Tu n'aurais pas dû mépriser son amour, bien qu'il soit de moindre condition. Nous pouvons nous aimer parce que nous sommes tous deux en vie, ne gâchons pas cette vie sans utilité. Sois plus aimable envers Ibeï et écris-lui une lettre bienveillante, afin qu'il s'apaise, Jinnosouké. » Mais cette proposition rendit Jinnosouké furieux. Il répondit, les yeux injectés de sang : « Je rejetterais même l'amour de mon seigneur, car c'est avec toi que mon amour est engagé. » Il était tellement en colère qu'il aurait tué Gonkouro sur place. Mais il s'apaisa et résolut de tuer Gonkouro, après s'être débarrassé d'Ibeï. Il prit congé de Gonkouro comme à l'ordinaire et rentra chez lui. Alors il écrivit à Ibeï. « Cette nuit est sans lune, viens dans le champ de pins du dieu Teudjin ce soir, pour te battre en duel avec moi, à cause de ton grief. Je t'attendrai là. » Puis après avoir salué ses parents, il se retira dans sa chambre et écrivit plusieurs lettres d'adieu à des amis et parents. Il écrivit aussi une lettre de reproches à Gonkouro dans laquelle il disait :

« J'ai engagé avec toi un amour pour toute ma vie, j'étais prêt à défendre mon amour avec ma vie contre tous les obstacles que cet amour aurait pu rencontrer. Je ne suis pas effrayé de cette querelle avec Ibeï. Je vais le rencontrer ce soir dans le champ de pins du dieu Teudjin. Si tu penses à nos années d'amour, tu n'hésiteras pas à venir mourir avec moi. J'ai beaucoup de choses à te reprocher; si je ne peux les dire je sens que je ne mourrai pas en paix. Je veux donc t'en faire part par cette lettre d'adieu.

La distance entre ta maison et la mienne est trop grande. J'ai parcouru ce long chemin trois cent vingt-sept fois depuis ces trois années que dure notre amour ; tous les soirs je me heurtais à un obstacle ou une difficulté. Je devais me cacher des personnes vigilantes, gardes et surveillants. Souvent j'ai été obligé de me déguiser en domestique, dans les habits d'un adulte avec une longue lanterne. D'autre fois, je me suis déguisé en prêtre. Ce n'était pas facile pour moi d'accomplir ces choses humiliantes, bien que tu ne puisses t'en rendre compte.

L'année dernière, le vingt novembre, ma mère s'attarda dans ma chambre et je ne pus sortir. J'étais très impatient de te voir, car la vie humaine est si incertaine que nous ne savons pas si nous vivrons jusqu'au lendemain. Et si je ne pouvais te voir ce soir-là, peut-être ne t'aurais-je jamais revu. C'est pourquoi, malgré mon vêtement en désordre et l'heure très avancée, je parvins à sortir et à me faufiler jusqu'à chez toi ; tu entendis, au bruit que je fis, que je me trouvais sous la fenêtre de ta chambre. Tu parlais à quelqu'un à l'intérieur. Il y avait de la lumière dans ta chambre. Mais, dès que tu entendis mes pas, tu éteignis la lumière et cessas de causer. Tu étais vraiment cruel pour moi alors. Je voudrais savoir qui était la personne avec qui tu parlais ce soir-là.

Le printemps dernier, j'écrivis, sans beaucoup de soin, le célèbre poème : « Mes manches sont continuellement mouillées de mes larmes, car mon amour est sans espoir, » au dos de l'éventail peint de fleurs par le célèbre peintre Unémé Kano. Tu me fis grand plaisir par ton compliment : « L'amant qui souffre passera facilement l'été avec cet éventail. » Et toi aussi tu inscrivis sous le poème : « Celui qui l'a écrit attend son amant.» Mais tu donnas l'éventail à ton serviteur Kitjisouké.

Tu avais une alouette que tu avais achetée au marchand d'oiseaux Jiubeï. Tu l'aimais beaucoup ; lorsque je te demandai de me la donner, tu me la refusas, mais plus tard tu la donnas à Syohatji Kitamoura. C'est le plus joli garçon de notre clan. Je suis très jaloux de cela.

En avril dernier, le onze, tous les pays furent convoqués par le seigneur pour monter à cheval. Tarozayemon Setsubara dit alors en me retenant : « Ta jupe a des taches de boue. » Et il les brossa. Tu étais juste derrière moi. Mais tu faisais mine de ne prendre part à rien et tu souris de moi avec Tarozayemon, au lieu de me rendre attentif à mes taches. Je pense que tu n'as pas bien agi en cela, puisque tu étais mon amant depuis tant d'années.

En mai, le dix-huit, je restai à parler à Kanya Osasawara très tard dans la soirée. Tu en fus très fâché. Mais, ainsi que je te l'expliquai alors, je m'étais rendu chez lui avec mes compagnons Magosabouro et Tomoya Matsoubara, pour nos leçons de chant. Il n'y avait pas d'autres hommes là, que nous. Kanya est trop jeune pour avoir un amour avec moi. Magosabouro a mon âge. Tu connais bien Tomoya : même si nous nous rencontrions tous les soirs, il ne pourrait pas y avoir de scandale entre nous, ni aucun rapport amoureux. Mais tu m'as toujours soupçonné, et très souvent tu as fait des insinuations quant à cette affaire. J'en ai vraiment souffert. Même aujourd'hui je ne puis oublier ma tristesse de tes soupçons déraisonnables.

Quelquefois, après nos rendez-vous, tu aurais pu m'accompagner jusque près de chez moi. Mais toujours tu t'en retournais dès la maison de Sodayon Mourase. Tu ne m'as accompagné que deux fois pendant notre long amour, jusqu'au bout, en face de la maison d'Unémé. Je suis sûr que si j'avais vraiment été ton amant bien-aimé, tu m'aurais accompagné jusqu'au champ, où on entend hurler les tigres et les loups.

J'ai beaucoup d'autres reproches à te faire, mais je me sens infiniment triste, et même maintenant je ne peux m'empêcher de t'aimer. Je ne fais que pleurer mon pauvre amour malheureux. Je t'en supplie, prie pour le salut de ma pauvre âme après ma mort, une fois seulement. Oh, ce monde est vain et incertain ; tout n'y est que rêve. Je veux finir ma lettre d'adieu par un poème :

Les fleurs matinales étaient épanouies dans leur beauté. — Hélas, le vent s'éleva et emporta les fleurs avant le soir.

J'aurais encore bien des choses à écrire, mais le soir approche, je veux m'arrêter là. A mon cher Gonkouro de son Jinnosouké. Mai 26, la septième année de Kuanboun (1667 A. D.). »

Il cacheta la lettre et la donna à son serviteur

Dengoro en lui disant : « Porte cette lettre à Gonkouro ce soir, quand il fera sombre. » Et dès que vint le soir, il se rendit à la place fixée pour le duel. Il s'habilla somptueusement, car il pensait que ce serait son dernier costume. Les habits de dessous étaient de soie blanche, l'habit de dessus, pourpre avec des fleurs de cerisiers brodées sur les hanches. Son emblème était le Jinko (1), les manches étaient longues, comme les portaient ordinairement les pages. Il portait deux épées de Tadoyoshi Hizen à une ceinture grise.

Le champ de pins du dieu Teudjin était éloigné de la ville de plus de deux milles. Jinnosouké s'assit sur un rocher couvert de lierre en face d'un gros camphrier, et attendit son antagoniste.

Comme l'obscurité s'épaississait et que les formes s'estompaient, Gonkouro arriva hors d'haleine. Il cria : « Es-tu là, Jinnosouké ?... »

Jinnosouké répondit froidement : « Je n'ai pas d'ami qui soit aussi lâche. » Gonkouro se mit à pleurer et dit : « Je ne veux pas m'excuser, je te dirai tout mon cœur quand nous serons dans l'autre monde, Jinnosouké. Alors seulement tu me connaîtras. »

Mais Jinnosouké lui répondit froidement : « Je n'ai pas besoin de ton aide. Je suis assez fort pour combattre seul. » Pendant qu'ils s'échauffaient ainsi, Ibeï Hanzawa arriva, secondé de seize samouraïs à l'air

(1) Jinko est le nom d'un encens et de l'arbre qui le fournit.

vulgaire. Ils avaient l'intention de se battre férocement au mépris de leur vie. Jinnosouké en tua deux, tandis que Gonkouro en abattit quatre. Sept autres furent sérieusement blessés, les autres s'enfuirent terrifiés et Ibeï fut tué en duel. Le serviteur de Gonkouro, Hitjisouké, mourut en défendant son maître. Gonkouro reçut une légère blessure au front. Jinnosouké fut aussi blessé à l'épaule gauche. Les deux samouraïs restèrent vainqueurs. Il y avait, tout près, une petite église bouddhique appelée Yeiandji. Gonkouro et Jinnosouké s'y rendirent et demandèrent à l'abbé de les enterrer lorsqu'ils se seraient tués par Hara-kiri. Mais l'abbé les en empêcha en disant : « Tous deux avez agi très honorablement dans le duel. Vous devriez d'abord rapporter l'affaire aux conseillers et inspecteurs du seigneur, et feriez mieux de mourir publiquement ; alors votre honneur et votre gloire dureront toujours. »

Il les persuada de suivre son conseil, et ils lui obéirent. Alors l'abbé se précipita lui-même au bureau de la police et raconta lui-même l'affaire. Par son inspecteur, le seigneur ordonna aux jeunes gens d'attendre leur châtiment. Ils furent enfermés et surveillés la nuit; le seigneur leur ordonna de soigner leurs blessures. Ibeï et ses complices furent condamnés à mort, les lâches qui s'étaient enfuis furent retrouvés plus tard et exécutés.

Jinnosouké avait vraiment contrevenu à la loi par son action. Mais son père était un courtisan très loyal et dévoué. De plus Jinnosouké avait toujours rempli son devoir fidèlement. Dans le duel il avait fait preuve d'un grand courage et d'une grande valeur, à lutter contre tant d'assaillants. Le seigneur pensa que Jinnosouké méritait plutôt de l'admiration qu'un châtiment. Il fut donc acquitté, et Gonkouro aussi obtint son pardon. Tous deux reçurent l'ordre de quitter leur service officiel à partir du quinze du mois.

L'abbé enterra les corps d'Ibeï et de ses aides avec beaucoup de piété. Lorsqu'on examina Jinnosouké, on vit que sa manche gauche avait été coupée et que son habit était teint de sang pourpre qu'il avait perdu. Mais il ne souffrait pas de ses blessures, bien qu'il en eût plus de vingt-sept sur le corps. On l'admira beaucoup pour son courage et son endurance.

XIII

AMOUR LONGTEMPS CACHÉ

A la suite d'une dispute avec le conseiller du seigneur de la province Osoumi, le samouraï Jiouzayemon Fatjibana s'était retiré de la vie officielle. Il vivait très confortablement, avec sa femme et son fils, dans un village retiré. Sa femme était une fille de seigneur très raffinée. Son fils, Tamanosouké, avait alors quinze ans. Il était si joli que les gens trouvaient regrettable de le laisser caché dans ce village retiré et de ne pas en faire un samouraï connu dans quelque grande ville.

Mais, lorsque Jiouzayemon estima que son fils était assez âgé pour servir un prince en qualité de page, il l'envoya dans la capitale Yedo. Il le fit accompagner par son vassal, Kakoubeï Kanazawa, qui le servait depuis de longues années. Ce serviteur était âgé de cinquante ans, et avait une grande expérience de la vie. Avant de le quitter, le père donna à son fils quelques bons conseils, lui disant d'agir avec bravoure et de défendre son honneur jusqu'à la mort.

Mais la mère murmura pendant un bon moment avec Kakoubeï, lui demandant de garder et de protéger son fils ; à la fin elle lui dit : « Je t'en prie, prends surtout garde à mon fils pour cette chose particulière. »

Quand Tamanosouké et Kakoubeï furent éloignés de la maison, Tamanosouké demanda : « N'est-ce pas, ma mère t'a averti de ne pas me transmettre de lettres d'amour, si un samouraï m'en envoyait ?... Mais si tu refuses d'obliger un homme qui m'envoie des lettres d'amour, tu agiras sans cœur, je te le dis. Tu es un homme cruel. Je veux être aimé par quelque grand samouraï, puisque c'est une des meilleures choses de cette vie. Si personne ne m'aime, je détesterai mon joli visage. Autrefois, dans la grande Chine, un grand poète de la province de Yoshou, dit, dans un de ses poèmes, en parlant d'un jeune garçon : « Un jeune homme cruel et sans cœur. » Je veux que tu aies de la sympathie pour la pédérastie, Kakoubeï. »

Kakoubeï répondit : « Mais certainement, jeune maître, si tout le monde était aussi scrupuleux que votre mère, il n'y aurait sur terre aucun honorable amour entre samouraïs. Je ferai tout à fait selon votre désir. » Et ils rirent ensemble.

Enfin, ils atteignirent Yedo après un long et pénible voyage. Tamanosouké fut présenté par un ami de son père au prince de la province Aezou. Le seigneur fut charmé par Tamanosouké et l'engagea aussitôt comme page. Il l'emmena avec lui dans la pro-

vince Aezou. Tamanosouké était très attaché au seigneur, et très poli envers les autres courtisans. Le seigneur en fit son favori. Comparés à la beauté de
Tamanosouké, tous les autres pages ressemblaient à
des fleurs derrière une palissade, loin des rayons du
soleil.

Un soir d'été, Tamanosouké jouait au ballon avec
d'autres pages dans le jardin du palais. Il était le
meilleur joueur de tous. Des gens regardaient, et admi-
raient sa grâce et son habileté. Puis soudain, les yeux
de Tamanosouké devinrent hagards, son corps se mit
à trembler et il fut pris de convulsions dans tous ses
membres. Les gens lui enlevèrent son habit de joueur.
Il semblait ne plus respirer. Lorsqu'il eut repris connaissance on le transporta dans sa maison.

Il devint de plus en plus malade. Sa mort semblait
proche ; on désespérait de le sauver. Il y avait là un
samouraï, nommé Senzayémon Sasamoura. C'était un
officier subalterne, chargé de la garde des frontières
de la province. Personne ne prenait garde à lui ; pourtant il aimait Tamanosouké, mais il n'avait pas les
moyens de lui envoyer un message d'amour. Il attendait un moment propice pour lui annoncer sa passion.
Lorsqu'il apprit la grave maladie de Tamanosouké, il
sentit qu'il ne lui survivrait pas, s'il mourait.

Tous les matins, il se rendait à la maison de Tamanosouké et inscrivait son nom sur le registre, dans le

vestibule, comme tous les autres samouraïs. Il y retournait l'après-midi et le soir après son souper, pour s'informer de son état. Il fit ainsi trois visites tous les jours pendant six mois.

Tamanosouké se remit. Il se lava dans un bain et se rasa soigneusement. Après une toilette approfondie, il se rendit auprès du seigneur, lui annoncer sa guérison et le remercier de la bonté qu'il lui avait témoignée pendant qu'il était malade. Puis il rendit visite à tous ceux qui avaient été bons pour lui. Après sa tournée, il rentra. Il se fit apporter par Kakoubeï le registre des visiteurs. Il trouva dans le livre le nom de Senzayémon Sasamoura. Il vit alors que Senzayémon était venu trois fois par jour, dès le début de sa maladie.

Tamanosouké demanda à Kakoubeï qui était ce Senzayémon. Kakoubeï répondit : « On ne le connaît pas très bien ; ce doit être un samouraï très inférieur. Il avait vraiment l'air anxieux à votre sujet. Quand je lui disais que mon maître allait mieux, il était tout rasséréné, mais quand je lui disais que le mal augmentait, il pâlissait et était pris de détresse. Il était tout différent des visiteurs ordinaires. »

Tamanosouké dit : « C'est une personne bien fidèle, bien que je ne l'aie encore jamais vu. » Et il se rendit aussitôt chez Senzayémon, bien que sa maison fût assez éloignée. Il dit au domestique : « Je viens remercier Senzayémon de sa bonté pendant ma maladie.»

Senzayémon se précipita avec joie au-devant de lui et lui dit : « Que tu es bon d'être venu si loin, pour me remercier de mes actions insignifiantes ; je suis confus de ta venue, seigneur ; mais ta santé n'est pas encore très robuste. La brise du soir est plutôt fraîche ; je t'en prie, retourne chez toi et soigne-toi. »

Tamanosouké répondit : « Le monde est si incertain et vain, l'homme est comme l'éclat momentané d'une lumière. Le matin nous ne savons pas sûrement si nous vivrons jusqu'au soir. Je t'en prie, laisse-moi entrer, j'ai une affaire privée à discuter avec toi. »

Senzayémon l'emmena dans son bureau. Alors Tamanosouké lui dit : « Je suis vraiment reconnaissant de ton dévouement pendant ma longue maladie. Pardonne-moi de te le dire franchement, mais si tu m'aimes, aussi humble que je sois, je suis venu pour être aimé par toi ce soir, Senzayémon. »

Senzayémon rougit de joie : « Mon Cœur ne peut s'exprimer par des paroles. Je t'en prie, va le voir ; il est dans la châsse du dieu Hatjiman, dieu de la guerre et des soldats, je l'ai consacré là. »

Tamanosouké se rendit à la châsse, et demanda au prêtre ce qu'il en était. Le prêtre lui dit : « Senzayémon m'a présenté une boîte qui contenait sa prière quotidienne pour la guérison de son ami. » Avec son autorisation, Tamanosouké ouvrit la boîte. Au fond,

il trouva un poignard de Sadamune et une prière
fervente pour sa guérison dans une lettre adressée au
dieu. C'est ainsi qu'il découvrit qu'il devait sa guérison à la prière de Senzayémon. Alors lui et Senzayémon devinrent de fidèles amants.

Peu à peu, cette histoire se répandit et arriva aux
oreilles du seigneur. Il condamna les deux amants à
une réclusion dans leur propre maison. Tous deux
étaient prêts à mourir pour leur amour. Ils ne crai-
gnaient pas du tout la mort. Ils attendaient tranquillement le sévère châtiment. Ils parvinrent à corres-
pondre entre eux par un moyen secret. Une année
passa ainsi.

Puis, le neuf mars, ils envoyèrent une pétition au
seigneur, dans laquelle ils demandaient qu'on leur
accordât une mort honorable par Hara-kiri. Ils attendaient leur condamnation d'un moment à l'autre.
Mais ce jour-là, un messager du seigneur se rendit
auprès de Tamanosouké et lui ordonna de devenir un
samouraï au lieu de page qu'il était. Senzayémon aussi
fut gracié. Ils en furent très reconnaissants au seigneur. Ils décidèrent de renoncer absolument à leurs
rapports, jusqu'à ce que Tamanosouké eût atteint ses
vingt-cinq ans.

Ils ne se parlaient même plus lorsqu'ils se rencon-
traient dans la rue. Ils continuèrent seulement à servir
fidèlement leur seigneur.

TABLE

1.

ACHEVÉ D'IMPRIMER LE VINGT-
DEUX DÉCEMBRE MIL NEUF CENT
VINGT-SIX PAR LA SOCIÉTÉ
GÉNÉRALE D'IMPRIMERIE ET
D'ÉDITION, 71, RUE DE RENNES
A PARIS, POUR LES ÉDITIONS
STENDHAL ET COMPAGNIE.

9 782329 562247